L'hippocampe bleu

Valérie Coudenc

L'hippocampe bleu

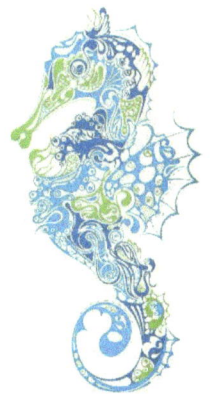

Roman

« Le Code de la propriété intellectuelle interdit les copies ou reproductions destinées à une utilisation collective. Toute représentation ou reproduction intégrale ou partielle faite par quelque procédé que ce soit, sans le consentement de l'auteur ou de ses ayant droit ou ayant cause, est illicite et constitue une contrefaçon, aux termes des articles L.335-2 et suivants du Code de la propriété intellectuelle. »

© 2025 Valérie Coudenc
Édition : BoD · Books on Demand, 31 avenue Saint-Rémy, 57600 Forbach, bod@bod.fr
Impression : Libri Plureos GmbH, Friedensallee 273, 22763 Hamburg (Allemagne)
ISBN : 978-2-3225-7088-1
Dépôt légal : Avril 2025

*Pour Romain, Lukas, Jordan et Mika,
mes magnifiques hippocampes !*

*Pour Lucy et Stéphanie,
mes premières lectrices. Merci pour votre aide.*

Pour mes parents, ma sœur et mon frère.

*A Lucia, Jeanine, Émile et Jean-Paul
mes grands-parents toujours présents.*

***L'Union rend tout possible
Seules les émotions partagées sont belles***

Première Partie

La main droite sur le cœur

Il est déjà cinq heures. Le soleil pointe de doux rayons par-dessus le flanc de la dune, roussie par l'éveil. Pauline est assise sur la crête et attend, le regard fixé vers l'horizon qui se dresse, irrégulièrement, devant elle. Le calme, le vide et le temps anesthésié, l'apaisent. Plus rien ne bouillonne, plus rien ne l'étouffe, plus rien ne la retient. Elle n'a pas encore chaud et n'a plus froid. Elle ne sait pas ce qu'elle va trouver puisqu'elle ne sait plus trop ce qu'elle est venue chercher. Elle ne craint pas demain car elle n'est plus empoisonnée par hier.

Cet instant ne doit pas s'arrêter. Il n'est que furtivité.

Cela fait maintenant plus d'une semaine que Pauline est partie de chez elle, le sac à dos prêt pour l'aventure.

*

Six mois auparavant, son amie Clotilde lui avait longuement parlée au téléphone. Alors qu'il y a encore un an elles vivaient toutes deux à Paris, la vie les avait séparées. L'une acceptait un poste en Guyane, comme professeur de sport, suivant ainsi son légionnaire bulgare, Borislav ; l'autre, en revanche, retrouvait Bordeaux après l'avoir quittée huit ans plus tôt.

Pauline était enquêtrice. Son travail consistait à observer, noter, analyser et apporter des conclusions sur les comportements des touristes, pour le compte du Syndicat d'Initiative bordelais. Ce dernier adaptait ses animations au vu des résultats de la jeune femme.

C'est Clotilde qui, du fond de sa chambre à Cayenne, eut l'idée de se retrouver loin ; c'est Pauline qui proposa le moment et la destination.

Elles partiraient sans programme défini en juillet et feraient le tour du Maroc en voiture !

Pauline avait trente ans, Clotilde un de plus. Lorsque l'on apercevait les jeunes femmes ensembles, leur physique pouvait nettement les distinguer.

Clotilde, grande blonde aux cheveux coupés court et à l'allure athlétique, fonçait dans la vie sans trop se triturer les méninges. Son esprit, très positif, poussait son entourage à être le plus souvent possible près d'elle. Elle avait toujours une solution lorsque la vie boitait. Son regard bleu profond pénétrait directement l'âme des personnes à qui elle s'adressait.

Pauline en revanche, plus menue, avait un visage fin encadré de cheveux châtains, de grands yeux rieurs, couleur noisette, se mariant parfaitement avec une bouche pulpeuse rouge sang. Elle magnétisait et suscitait le silence lorsqu'elle pénétrait dans un lieu public. Elle avait un style envoûtant qui était à la hauteur de la grâce qui se dégageait d'elle. Son élégance naturelle attirait tous les regards.

Pourtant, c'est sur un autre plan que les deux jeunes femmes se rejoignaient. Elles possédaient le même sens d'humour fantaisiste et surréaliste, le même intérêt pour la découverte de nouvelles contrées, le même altruisme et la même générosité d'âme.

Lorsqu'elles vivaient encore près de la Tour Eiffel, elles pouvaient passer des soirées entières à refaire le monde, à rire, à danser. Elles discutaient de tout et de n'importe quoi durant des heures.

Parfois, le vendredi soir, elles participaient au *Roller by night*, passant ainsi la plus grande partie de la nuit, dehors, le froid leur brûlant le visage. La petite expédition dans Paris réunissait jusqu'à une centaine de personnes chaque semaine. Elles riaient tellement des chutes de l'une ou de l'autre qu'elles peinaient, la plupart du temps, à rattraper le cortège.

Régulièrement, elles sortaient dans des pubs huppés de la capitale croisant de nombreux hommes qu'elles butinaient parfois.

Depuis leur séparation, une part de l'une manquait à l'autre. Le téléphone était devenu seul témoin de cette forte amitié.

Dès que Pauline, depuis son appartement girondin, entendit le soleil de Guyane lui proposer l'aventure, elle n'hésita pas une seconde.

— Allez d'accord... On part sans savoir où on dormira, ni ce que l'on mangera.

— C'est génial ! Je suis déjà tout excitée…

— Écoute Clotilde, cet été, tu viens à Bordeaux et direction les cornes de gazelles ! On prendra ma petite

Micra si tu veux. Je m'occupe de l'itinéraire et des formalités de passage en bateau, à Gibraltar.

— Pas de problèmes ! avait répondu Clotilde, transportée d'élan, et à qui rien ne faisait peur. On fait comme ça : on prépare tout et une fois parties, on ne pense plus à rien.

— Comme je suis heureuse ! Cela va être une expérience extraordinaire ! Je te rappelle dès que j'en sais un peu plus pour le ferry.

— Très bien, ma chérie, j'attends ton coup de fil. Je t'embrasse fort.

Cette conversation avait permis soudainement l'ouverture d'une valve dans leur esprit, pour l'une embrumé par le givre de décembre et pour l'autre torturé par une relation devenue trop compliquée. La perspective de tendre les bras à l'inconnu leur avait procuré une joie intense.

L'hiver devint moins froid dans la capitale girondine. A la seule évocation du voyage, Pauline sautillait, se trémoussait de joie, virevoltant dans son petit deux-pièces, donnant sur la Cathédrale Saint-André qu'elle pouvait apercevoir depuis la fenêtre du salon. La Dame de pierre majestueuse semblait lui dire combien elle se félicitait pour elle. Chaque son de cloche donnait un nouveau tempo à ses chorégraphies. La vie était belle.

C'est à peu près deux semaines après ce coup de fil qu'elle rencontrait Adil. Marocain de naissance.

*

Le jour du départ, Bordeaux était encore endormie. En ce mois de juillet, l'activité avait ralenti son rythme et l'appréhension des deux jeunes femmes était palpable. Elles étaient heureuses à l'idée de partir. Cependant, la crainte de se retrouver en difficulté dans un pays étranger parasitait leurs ardeurs.

Puis, très vite, l'euphorie avait repris sa place et c'est une fois arrivées à la frontière espagnole que Pauline et Clotilde purent se détendre en s'offrant à la découverte dans la plus grande des insouciances.

— Pauline, tu vas nous engraisser avec tous ces gâteaux au chocolat ! On ne va plus pouvoir sortir de la voiture. On sera jolie, tiens. Obligées d'appeler les pompiers pour nous extraire.

— Tant mieux. J'adore les pompiers. J'aime tout chez eux. Ce sont eux nos supers héros !

— Ils ont bien assez de travail sans qu'on leur en rajoute...Tu as bien pensé à faire le plein ?

— Oui, bien sûr... Première chose à laquelle j'ai pensé !

La première halte fut Madrid. Les deux cousins de Pauline y vivaient depuis de nombreuses années et connaissaient les moindres recoins de la ville.

— Je ne sais pas par où il faut passer… attends… je vais appeler Javier… ! Lui pourra mieux nous guider.

— Dis-lui que l'on est *Puerta del Sol.* C'est *La* place facile à trouver, proposa Clotilde.

— Oui, sans eux on ne s'en sortira pas. L'adresse n'est pas très claire. J'ai noté n'importe comment ! Il y a un grand C suivi d'une barre, et puis *Almirante F. Morena ou Moueno…* Je ne suis pas sûre…

Vingt minutes plus tard, Javier et son frère, David, surgissaient, à pied, de la bouche du métro madrilène. Le premier contact avec Clotilde fut immédiatement chaleureux, à l'image de ceux qu'entretenait Pauline, avec eux depuis l'enfance.

C'est à Hendaye, alors qu'ils n'étaient que des enfants, que les trois cousins se retrouvaient durant les vacances scolaires autour de leurs grands-parents espagnols, Emilio et Lucia.

Javier, l'aîné, allait sur ses quarante ans et travaillait dans un cabinet d'architecte. Il créait des ponts, des petits, des longs, des gigantesques à travers la planète. Il passait son temps à relier les peuples !

Son frère cadet, David, venait d'avoir trente-cinq et sa vie tournait autour du yoga. Jamais Pauline n'avait croisé quelqu'un d'aussi relax. Rien n'était grave pour lui et il ne perdait, en aucune circonstance, ce sourire ravageur collé sur les lèvres. De son séjour en Inde, durant un an, il n'avait pas seulement ramené un diplôme de professeur de yoga mais aussi un art de vivre. Il s'habillait, vivait, mangeait, dormait à l'indienne.

Tous deux étaient encore célibataires, préférant mener cette vie de bohème. Lorsqu'ils revenaient sur Madrid, ils logeaient dans le même appartement.

Ce soir-là, après avoir délaissé la Micra, au bas de l'immeuble des garçons, une visite guidée et princière fut offerte aux deux jeunes apprenties aventurières.

— *Fijate tu, Chicas* ! Vous n'êtes pas prêtes d'arriver au Maroc si vous ne réussissez même pas à lire une adresse ! se moqua Javier.

— On est en rodage, *Primo* ! Cette nuit, on se laisse mener et dès demain, avec Clotilde, nous reprendrons les rênes ! On part sans feuille de route, libres comme l'air, sans rendez-vous et sans programme !

— Oui, vous avez raison… Pour l'instant : *Que Viva España !* entonna David, tout heureux de partager sa passion des nuits endiablées de la capitale madrilène.

Après avoir fait honneur à la *Zarzuela* locale, la soirée s'était terminée au son des tubes de *Bisbal* dans un pub boîte dans laquelle les doses de whisky ne pouvaient rivaliser avec celles de France. Même le coca pour éponger n'y changeait rien. L'Espagne et la France ne fabriquant pas les verres doseurs avec des graduations identiques, un millimètre en France équivalait à un centimètre trente en Espagne !

La danse rapprocha délicieusement Clotilde de David. Les échanges de sourires, de corps frottés, de regards gourmands échappèrent totalement à Pauline qui ne pensait qu'à rire, à boire et à danser.

Tout ce petit monde rentra en zigzag jusqu'à l'appartement. Deux matelas avaient été installés par Javier, dans la pièce qui faisait office, tout à la fois, de salon, d'entrée et de cuisine. Les frères avaient cédé les deux chambres miniatures aux filles qui tombèrent comme des masses sur les lits. Foudroyées par le coca !

Le deuxième départ pour l'aventure eut lieu, le lendemain à treize heures. La crainte de l'inconnu refit surface et s'installa bien confortablement sur les sièges arrière de la Micra qui, elle, se demandait si les filles n'avaient pas surestimé son endurance : Elle ne savait pas trop si les kilomètres prévus durant une vingtaine de jours pourraient être ingurgités !

L'excitation face à la nouveauté peut parfois anesthésier certains sens. C'est peut-être ce qui empêcha les filles de regarder derrière elles.

Pauline, fixant la route droit devant, ne voulait manquer aucun détail de ce qui lui était donné à vivre. Elle refusait de penser à ce qu'elle laissait à Bordeaux. De même, Clotilde ne devait pas parasiter son esprit avec ce qu'elle abandonnait à Madrid.

Moins calfeutrées dans leurs réflexions, elles auraient très certainement remarqué la voiture, d'un vert-bouteille vieilli, qui se tenait à une distance raisonnable, quelques véhicules derrière elles.

*

A l'approche de Séville, l'autoroute semblait interminable. La chaleur andalouse, si intense, drapait les jeunes filles d'un léger voile de sueur et le revêtement des sièges de la Micra leur collait à la peau. C'était comme un tatouage géant en décalcomanie qui épousait leur dos. Avant de partir, elles avaient acheté des *kilolitres* de bouteilles d'eau pour parer à la déshydratation. Pourtant, l'instant vécu devint insoutenable.

— Il faut s'arrêter à la prochaine sortie, je n'en peux plus, suggéra Clotilde.

— Elle est dans deux ou trois…

Pauline ne put terminer sa phrase. Un véhicule de police ibérique venait de débouler, au même instant, par la droite, sur la bande d'arrêt d'urgence. Pauline eut juste le temps, en tournant la tête, d'apercevoir trois hommes la fixer d'un regard inquisiteur.

— Mais qu'est-ce que c'est ce plan ? murmura Clotilde

— J'ai eu peur… ! Ces hommes, on aurait dit qu'ils

nous dévisageaient. Peut-être recherchent-ils quelqu'un de précis ?

C'est à ce moment-là que l'image d'Adil paralysa l'esprit de Pauline. Toute l'énergie accumulée, ces dernières heures, la quitta instantanément. Elle revint à elle dès que son amie lui mit la main sur la cuisse.

— Ça va ? Ne t'en fais pas pour la police. Ils n'ont rien à nous reprocher. On ne les voit déjà plus.

Pauline, le regard triste vers son amie, sourit et se promit de chasser toutes pensées obscures. Ce voyage allait s'avérer magnifique. Aucun doute n'était envisageable !

Quelques minutes plus tard, le centre-ville de Séville fut indiqué par un panneau, et la Micra croisa sans mal, au bout de quelques minutes, la route d'un superbe glacier rafraîchissant et salvateur. Pauline, en dévorant sa glace rose-pistache, eut même froid dans cette grande boutique climatisée.

— Ils veulent rivaliser avec le Groenland ici ! Ils sont jaloux de la banquise, pouffa Clotilde entre deux *croquages* de la glace *Reuben Mattus*, vanille, chocolat et café.

— Je ne sais pas comment tu fais pour manger du café en glace !

— C'est toi qui dis ça, avec tous les litres de caféine que tu ingurgites ?

— Mais ce n'est pas du tout pareil, arrête ! Le café

ça se boit, ça ne se mange pas ! gloussa Pauline, de bon cœur.

— Terminons notre glace dehors, ce froid va nous tuer !

En dix secondes, les glaces dégoulinèrent sur les mains, puis très vite le long du bras. Un filet de pistache, allant jusqu'au coude de Pauline, nargua la jeune femme. Elle pesta d'impatience et ne vit pas son amie jeter sa glace d'une main, en vérifiant nerveusement de l'autre, ses appels téléphoniques inexistants. Son portable ne lui apporta pas le soulagement attendu.

— Le cornet, lui à la limite, il tient le choc… mais alors, les boules ! râla Pauline.

Quelque peu désaltérées, elles reprirent l'autoroute et firent cap sur Tarifa. La nuit était tombée lorsqu'elles pénétrèrent dans la ville. Le départ du ferry n'étant programmé que pour le lendemain matin, elles se préparèrent à passer une nuit bancale dans la voiture. Des pulls firent offices de coussins et de couvertures.

Dès l'aube, Pauline sortit, tout endolorie, la première de la Micra et se dirigea vers les buissons les plus proches contre les grands murs du port. Elle débuta le déboutonnage de son jean.

Ce fut précisément au moment où elle entamait le relâchement de sa vessie qu'elle aperçut cet homme à quelques mètres de la Micra. Il semblait noter le numéro d'immatriculation. De loin, il paraissait de petite taille et trapu. Ses cheveux donnaient l'impression de n'être, en réalité, qu'un casque brun posé sur sa tête. Une chemise à carreaux, bleue et très pâle, dépassait irrégulièrement de son jean troué et délavé de façon éparse.

Pauline se rhabilla et attendit qu'il s'éloigna pour revenir s'enfermer dans la voiture. Elle hurla en murmurant :

— Il y a un homme qui rôdait autour de la voiture pendant que j'étais dans les buissons, il a noté quelque chose puis il est parti. Il est louche ! C'est très… très bizarre !

— Quoi, mais qu'est-ce que tu me racontes. Je n'ai rien vu, répondit Clotilde en étirant langoureusement les jambes et les bras dans le peu d'espace qui lui était accordé. Ce doit être celui qui vérifie les voitures à destination de Tanger. Ce n'est rien, ne t'en fais pas. On est bientôt au Maroc, le pays que tu voulais tellement découvrir !

— Bon… Tu as peut-être raison… je n'avais pas pensé aux vérifications d'usage, se rassura Pauline.

Il leur restait encore une heure vingt avant d'embarquer. Elles décidèrent d'aller prendre un café à l'épicerie du Port.

A leur retour, un employé vêtu d'une combinaison orange vint à leur rencontre et leur demanda les papiers du véhicule tout en notant le numéro de leur plaque d'immatriculation. Clotilde se dit qu'il valait mieux deux fois qu'une et Pauline sentit le manque de *Sa* présence pour la première fois depuis le départ de Bordeaux. Elle aurait voulu *L'*avoir là, devant elle, à cet instant précis. Elle ressentit le besoin viscéral de ses longs bras et de ses mains aux doigts si fins. Pourquoi est-elle partie sans lui ? Pourquoi n'avait-il pas voulu venir dans son pays de naissance et le lui faire découvrir ?

En démarrant la voiture, Pauline aperçut de nouveau l'homme à la chemise à carreaux. Il était assis sur un muret du port à leur droite. L'individu téléphonait tout en les observant. Elle l'ignora et regagna la file de voitures qui embarquaient déjà sur le ferry

— Départ pour Tanger, scanda en espagnol, l'homme à la combinaison orange qui remit la barrière derrière la dernière voiture verte à s'embarquer sur le *Tanger Jet*.

*

Tout au long de la traversée, les filles s'installèrent sur le pont avant du bateau. Elles apercevaient déjà les rives du Maroc qui se dessinaient délicatement. Le vent balayait toutes attaches à la vie réelle. Un sentiment fort de pure liberté les pénétra.

— *Tanger, danger*, chantonna un Marocain sur le bateau.

Clotilde se rapprocha de l'artiste en herbe et lui demanda pourquoi il disait une telle chose.

— Eh, oui… ! Tanger n'est pas toujours fréquentable, il faut faire attention. Mais, vous savez, *Essaouira, ça ira, Agadir, rien à dire !*

— Et Marrakech ? s'enquit Pauline, amusée par les jeux de mots.

— Ah ! Je ne dis rien de Marrakech. C'est ma ville et les touristes de la Terre entière doivent venir voir Marrakech, au moins deux fois dans leur vie, suggéra-t-il, la main droite sur le cœur. La première fois, on découvre, on visite… La deuxième, on vient sécher les larmes de ceux que l'on a rencontrés, puis délaissés… Mais pour répondre à ta question... il y en a qui disent : *Marrakech, Arnakesh...* N'importe quoi !

Après trente-cinq minutes de trajet, elles posèrent le pied, enfin, en Terres marocaines. Très vite, les couleurs, les sons, les odeurs de Tanger envahirent Pauline d'une émotion vibrante, en un instant.

Ce pays était son pays. Elle n'y était jamais venue mais il était en elle depuis toujours. Comme *Lui*.

*

Depuis six mois la relation s'enlisait. Il la maintenait à distance, juste ce qu'il fallait pour la perturber et puis, sans aucune raison apparente, il la harcelait soudainement pour, de nouveau, la chasser de son quotidien.

Le soir de la rencontre avec Adil, tout reposait sur un malentendu.

Une semaine après le coup de téléphone de Clotilde, Pauline avait accepté l'invitation d'une amie polonaise, Ingrid. Cette grande blonde, très chic, était arrivée, il y a dix-huit ans, de son pays natal, par amour pour un Français. L'amoureux s'était envolé, Ingrid était restée. Avec elle, Pauline aimait sortir pour danser et boire de vieux rhums arrangés en riant sottement, des petits tracas quotidiens.

Au-cours de cette nuit-là, Pauline avait dansé avec un homme, plutôt séduisant. Ils avaient sympathisé. Pourtant, très rapidement, ils surent qu'entre eux, rien de sensuel ne les déstabiliserait. Leur discussion, débutée sur Yo te quiero así, de Chichi Peralta, avait dévié sur le Maroc, le seul vrai sujet de conversation qui intéressait Pauline depuis quelques jours. Ils en étaient venus à parler de Meknès, ville d'origine du jeune homme, lorsque Ingrid avait souhaité rentrer.

La semaine qui suivit, les deux amies avaient programmé, de nouveau, une sortie au même endroit. Elles s'adonnaient à leur rituel hebdomadaire : nouvelle danse, nouveau rhum vieilli, nouvel éclat de rire, lorsque Pauline avait reconnu, en remontant de la piste de danse vers le bar, le jeune marocain de Meknès. Cette fois-ci, il n'était pas seul et semblait accompagné d'un autre homme, blond, de petite taille, et d'une jeune fille dont Pauline ne voyait d'elle que la longue crinière rousse, de dos. Légèrement enivrée par la menthe de son cocktail alcoolisé, Pauline s'était alors rapprochée du trio :

— Bonsoir ! Ça va depuis la semaine dernière ?

— Heu... ! Oui, plutôt bien, lui avait répondu l'homme, avec dans les yeux, un étonnement peu dissimulé.

Pauline avait feint de s'en apercevoir et avait continué sur le même ton :

— Tu te souviens de moi, tout de même ?

— Je suis sincèrement désolé, mais on ne se connaît absolument pas, lui avait-il répondu avec un sourire narquois.

Pauline eut l'impression que cela lui plaisait de la mettre ainsi dans une situation embarrassante. Elle insista malgré tout afin de retrouver une certaine contenance.

— Mais si, nous avons dansé ensemble et puis avons parlé de mon prochain voyage au Maroc. Rappelle-toi... Meknès... ? La ville où tu es né...

— Je suis né à Casablanca, avait répondu sèchement, le Marocain. Voilà un très mauvais plan de séduction...

Cet homme se jouait d'elle. Elle ne comprenait pas les raisons de ce rejet et pensa aussitôt qu'il devait être accompagné, ce soir-là, par la rousse qui lui avait jeté un air amusé et supérieur. Pauline s'était résolue à abdiquer s'excusant pour la méprise et s'était éloignée.

— Ne partez pas, c'est moi qui suis désolé. Vous vous êtes trompée, certes, mais je n'ai pas été très correct. Et puis, vous semblez intéressée par le Maroc. Je vis en France depuis plus de vingt ans, pourtant j'aime mon pays. J'en ai souvent la nostalgie. Pardon… je m'appelle Adil.

— Je suis Pauline.

— Enchanté Pauline. Mais… sachez tout de même… Tous les hommes de mon pays ne se ressemblent pas !

Elle s'était bel et bien trompée de Marocain et le réalisa surtout lorsqu'elle vit entrer, quelques minutes plus tard, le fameux premier Marocain. Dans le même angle, elle aperçut le signe qu'il lui fit pour la saluer ainsi que le baiser échangé entre la rousse et le petit blond.

Ingrid était revenue de la piste rejoignant Pauline qui avait senti le regard chaud et enivrant d'Adil tout le reste de la soirée. C'est lorsqu'elle se dirigea vers la sortie qu'il la rejoignit. Il lui donna son numéro de téléphone, écrit sur un bout de paquet de Camel.

En sortant, Pauline avait hésité à jeter ce carton griffonné et puis s'était ravisée, le glissant au fond de son sac bleu turquoise.

Ce n'est que quelques semaines plus tard que Pauline, en changeant de sac, avait retrouvé le petit bout de carton totalement oublié. Hésitante, ne sachant pas trop quoi faire, elle avait attendu encore un jour. Elle repensait nerveusement à cet homme intriguant, droit, fin, légèrement coincé, mais surtout très beau et très attirant. Elle se souvenait de sa peau extrêmement mate, de ses yeux noirs et perçants.

Finalement, le numéro s'était composé ; à l'autre bout, le téléphone s'était décroché ; le rendez-vous s'était donné.

Mi-janvier, dans un restaurant gastronomique, l'Afrique et l'Europe s'étaient attablés, avaient discuté, s'étaient fortement attirés et s'étaient proposés de finir la soirée autour d'un café bien chaud, en Afrique. L'Europe s'était laissée faire et le détroit de Gibraltar n'exista plus, le mouvement fulgurant des plaques tectoniques ayant rapproché les deux continents avec une fougue et un désir si fort que dorénavant il n'y aurait plus besoin de passeport. On assistait à la naissance d'un nouveau continent.

Durant deux mois, leur histoire fut merveilleuse.
Chacun chez soi.
Adil semblait, chaque jour, de plus en plus épris de

Pauline. Il l'appelait sans cesse, la couvrait de mille attentions. Lorsqu'il s'allongeait sur elle, de sorte qu'aucune parcelle de son corps ne touchât autre chose qu'elle, il lui murmurait qu'elle était Sa Terre. Jamais, auparavant, Pauline n'avait dormi aussi paisiblement qu'auprès de lui. Elle se sentait désirée, recherchée. Elle devenait entière parce qu'il réussissait à rassembler, délicatement, tous les bouts de vie éparpillés en elle jusqu'alors. Il lui offrit même un soir, à la sortie d'un restaurant, un collier en or avec, en pendentif, un hippocampe bleu turquoise qui luisait de mille et une couleurs.

— Prends grand soin de ce bijou. Il est précieux. Ne t'en défais sous aucun prétexte.

Et puis, sans faire de bruit, peu à peu, Adil s'était méfié, inquiété à l'idée qu'elle puisse lui mentir ou le trahir. Il commença à l'épier, à la suivre, à l'appeler à toute heure, nuit et jour, pour savoir ce qu'elle faisait, où, et avec qui.

Pauline tenta maintes fois de le rassurer, pourtant rien ne l'apaisait. Elle entra, à son tour, dans une spirale de mal-être. Un emprisonnement psychologique l'étouffa, insidieusement, en douce. Elle devait donner tous les détails de ses journées et passait, donc son temps à s'expliquer, se justifier. Elle commença alors à perdre pied. Régulièrement, de forts vertiges venaient la handicaper, pouvant survenir à tout moment. Elle se posait sans cesse des questions sur la relation qu'elle entretenait avec un homme de quarante-trois ans. Peut-être que les attentes n'étaient-elles pas les mêmes. Il disait travailler à la faculté en tant que professeur de sociologie à Talence mais il restait extrêmement secret sur son quotidien. Pauline, davantage exubérante, pouvait se confier plus largement. Le changement régulier d'attitude chez Adil ne la rassurait plus.

Un soir, alors qu'il était convenu qu'ils se retrouvent pour un dîner en tête-à-tête sur les Quais de Bordeaux, dans un restaurant chinois, elle arriva la première et patienta. Lorsque son deuxième kir se vida, elle était encore en train de l'attendre.

Quarante-cinq minutes de retard. Elle l'appela et il lui expliqua qu'il n'avait pas vu l'heure tourner car il était avec deux de ses amis. Le temps qu'il arrive, un sourire éclatant aux lèvres, avec ses deux amis en question, cela faisait bien une heure et quart que Pauline s'impatientait. Ils mangèrent tous les quatre et Pauline dut s'accommoder de leur présence.

Alors qu'ils en étaient à finir leur plat principal, une jeune femme aux cheveux blonds ondulés s'était approchée de la table. Adil, en la reconnaissant, s'était levé pour l'embrasser. Sans présentation à l'assistance, ils avaient entamé une conversation très enjouée, remplie de nostalgie, avec des « Tu te rappelles... » et des « Souviens-toi... ».

Pauline comprit que ces deux-là se connaissaient depuis de nombreuses années, ayant fait les mêmes études de sociologie. Cependant, l'ensemble de leur conversation ne fut pas totalement audible. A deux reprises, ils échangèrent des paroles chuchotées. Lorsque la jeune femme disparut, Adil se consacra exclusivement à ses deux amis. Pauline essaya de lui faire comprendre son malaise. En vain. Les deux hommes apparaissaient comme extrêmement réservés et très loin d'être sympathiques.

— Je suis désolée, il est tard... Je vais vous laisser finir cette excellente soirée sans moi.

— Ah ! Très bien, ma chérie, je t'appelle demain. Repose-toi bien, lui avait-il répondu de la manière la plus détachée qu'il soit. Verte de rage, Pauline était sortie après avoir salué rapidement les trois acolytes.

C'est en remontant vers la place des Quinconces qu'elle avait repéré un groupe qui lui était familier. En se rapprochant, elle reconnut des collègues de soirées. Des pseudo-amis qu'elle ne rencontrait que la nuit lorsqu'elle sortait avec Ingrid.

La nuit mais jamais le jour.

La nuit, lorsque tout le monde se sourit, se parle, s'observe, se connaît très très bien !

Et puis, vient le jour, et... on s'oublie.

Dans ce groupe, elle aperçut Samuel. Durant des

mois, avant de rencontrer Adil, elle avait eu une relation peu sérieuse avec lui. Lorsqu'il la voyait au hasard des soirées, il l'encensait, la cajolait de « Qu'est-ce que tu es belle avec cette robe !», l'enduisait de marmelade de « Je ne t'avais jamais vue aussi sexy que ce soir !». Il sortait l'artillerie lourde et tout son orchestre. Et puis, sans surprise :

— Alors, cette nuit, on baise chez toi ou chez moi ? finissait-il toujours par conclure, en la prenant par la taille pour la faire danser tout contre lui.

Samuel avait un charme indéfinissable. Loin d'être beau, il se dégageait de sa personne un mystère insaisissable et une assurance attendrissante.

Pauline, très souvent, avait succombé.

Elle était seule.

Et puis parfois, ne supportant plus cet air de conquérant à qui rien ne résiste, elle refusait.

Elle rentrait seule.

Un jour, elle tenta d'exiger de sa part que leur relation bancale devienne plus sérieuse, plus belle, plus conventionnelle. Il ne se laissa, à aucun moment, embarquer dans une liaison bien trop plate à ses yeux.

Peu à peu, Pauline en souffrit et comprit qu'il était, certes très influent la nuit possédant un certain charisme inégalable, or le jour il était désespérément seul, oublié de tous. Remplies d'angoisses, ses journées étaient vides de sens. Il n'était, en réalité, qu'un *écrivain raté, réalisateur de court-métrage bidon, organisateur événementiel n'ayant organisé qu'un pauvre petit Loto de village pour l'*Amicale des Chasseurs, amoureux de la nature. *Il chassait surtout la femme, déblatérant, se frottant. Il s'arrosait d'alcool et se grisait de mini-jupe.*

C'est souvent pour oublier leur journée que certains boivent la nuit. S'enivrer permet de se réfugier dans un cocon dans lequel les codes changent et sont acceptés par ceux qui se retrouvent dans le même cas. On boit, on frétille, on met à distance, pour un instant, nos hontes, nos difficultés, nos incapacités. On fait semblant, on boit un verre de plus, on rit. Tout est léger, désinhibé.

Et puis, il faut rentrer. Si on s'endort immédiatement, ça peut encore aller : un répit jusqu'au lendemain nous est accordé. Sinon, tout remonte à la surface et nous explose en pleine figure. La musique tape encore dans notre boîte crânienne. Le vertige se fait de plus en plus tourbillonnant. On va tomber et pourtant, on le sait, on est allongé ! On pense : à quoi bon être sorti ce soir ? Qu'est-ce que tout cela nous a apporté réellement ?

Alors on s'endort. On se réveille et on se déteste.

Ce soir-là pourtant, Pauline fut très heureuse de voir Samuel se retourner et lui sourire.

Comme avant.

Ils entamèrent aussitôt la conversation. Il la relança, elle ria ; il la prit par les épaules faisant glisser ses mains jusqu'à la taille, elle recula ; il lui demanda de le suivre, elle refusa. Elle vit le groupe s'éloigner et tourna la tête en direction des Quais. Elle chercha la longue silhouette d'Adil. Elle ne comprenait pas son changement d'attitude.

Ce soir, il l'avait méprisée et délaissée.

Sans réfléchir davantage, elle se mit à courir et rejoignit Samuel.

*

Clotilde sortit Pauline de sa torpeur.

— Au revoir Tanger… Direction Chefchaouen ! Tu vas lire la carte et on s'arrêtera sur la route pour manger un bout. D'accord ma belle ?

— Mais oui, bien sûr ! Allons-y. Roulons, roulons. Maroc de mes rêves… Nous voici sur ton sol ! Reçois-nous, toi, grand pays hospitalier ! Les gazelles françaises te vénèrent, toi et ton peuple de seigneurs ! clama Pauline se libérant du même coup de toutes ses pensées tortueuses. *Il n'a pas voulu venir. Qu'il aille au diable !*

Sur la route, les deux jeunes femmes ressentirent ce doux sentiment d'être itinérantes. La joie, la sérénité s'installèrent en elles. Leurs corps renaissants semblaient légers et chaque mouvement était un bonheur.

Lorsqu'elles décidèrent de s'arrêter pour manger, le soleil était au zénith. La chaleur ressentie les enveloppait tant qu'elles éprouvèrent la nécessité de se rafraîchir le visage, les cheveux, les bras, la poitrine. Clotilde aperçut une baraque sur la droite et décida de s'y arrêter. Elle gara la voiture face à l'entrée qui n'avait pas de porte. Deux hommes attablés sur la terrasse les dévisagèrent lorsqu'elles les saluèrent. Le *Salam Alikoum* de Pauline eut un *Houm* rauque en guise de réponse.

Elles commandèrent un plat d'assortiments de légumes et un Fanta orange. Jamais, en France, Pauline ne buvait de Fanta… Elle ne prêtait d'ailleurs jamais attention au rayon des sodas. Mais ici, lorsqu'elle le vit dans le frigo vitré, elle n'eut qu'un seul désir : le sentir descendre le long de sa gorge. Il fallait que ce Fanta la pique le plus fort possible.

Après un café, qui allait certainement les empêcher de dormir durant deux ou trois nuits, Pauline demanda au serveur où se trouvaient les toilettes. En traversant le couloir, derrière le comptoir, elle découvrit sur les murs des dessins naïfs représentants, ici un rivage avec des palmiers et des oiseaux, ou là une mosquée transperçant un ciel bleu turquoise La peinture avait perdu de son éclat et pourtant rien n'enlevait la poésie et la magie.

Les toilettes possédaient une fenêtre donnant sur l'arrière de la baraque. Par l'ouverture, Pauline découvrit plusieurs épaves de voitures, des tas de ferrailles jetés pêle-mêle et quelques détritus. Elle serait repartie aussitôt si un homme n'avait pas ouvert la portière d'une des voitures. Intriguée par le mouvement, Pauline se laissa aller à l'observation. L'homme, de petite taille, sortit un téléphone de la poche de son pantalon et sembla composer un numéro. Pauline eut alors un frisson qui la paralysa quelques secondes. Elle recula de la fenêtre et sentit son cœur battre à en éclater. Cet homme, en train de s'extirper d'un véhicule vert bouteille, paraissait être celui qu'elle avait déjà aperçu à Tarifa. Elle reconnut la chemise à carreaux, les cheveux, le jean délavé. La coïncidence ne pouvait être aussi colossale. Cet homme les suivait. Comment aurait-il pu être exactement aux deux endroits dans lesquels elles s'étaient trouvées ces trois dernières heures ?

Pauline se précipita auprès de Clotilde qui tapotait nerveusement son téléphone portable.

— Vite, payons et partons... Ne pose pas de questions, fais-moi confiance. Dépêche-toi !

Clotilde ne rechigna pas et s'exécuta.

Pauline avait déjà eu le temps d'intégrer que les

limitations de vitesses n'étaient pas le problème majeur au Maroc. Elle roula donc à une allure vive pendant dix minutes. Clotilde brisa le silence dans lequel les deux jeunes femmes s'étaient enfermées.

— Que se passe-t-il Pauline ? Je ne te reconnais pas, tu m'inquiètes…

— J'ai revu l'homme de Tarifa !

— Qui ? Mais de quel homme parles-tu ? Je ne comprends rien !

Pauline raconta tout, gagnée de plus en plus par la nervosité. Aucune d'entre elles, ne dit mot durant près d'une heure. Arrivées à Chefchaouen, elles se garèrent dans une ruelle déserte, entre deux lignées de maisonnettes blanchâtres et grises.

— J'ai un peu la trouille, admit Pauline. Cet homme nous suit. J'en ai la conviction. J'ignore le pourquoi mais sa vision me glace.

— Il doit bien y avoir une explication à tout cela. Le hasard, ça existe ! Ne nous affolons pas. Nous allons continuer notre voyage sans s'en préoccuper. D'accord ? Allez… ! On va essayer d'oublier si tu veux bien.

— Oui, tu as sans doute raison mais je ne sais pas si je vais pouvoir faire abstraction. Allons marcher un peu dans le village. Ça nous détendra… Enfin… je l'espère.

Elles déambulèrent jusqu'à la terrasse d'un genre de bistrot. Deux enfants jouaient devant elles avec des cailloux en guise de billes. Ils se poussaient et se disputaient le tour. L'un voulant rejouer une deuxième fois, l'autre désirant tirer immédiatement. Pauline souriait de les voir s'amuser ainsi, réalisant à quel point les enfants pouvaient parfois se distraire et tenir des heures avec un bout de bois ou des noyaux d'abricot !

Clotilde tentait, elle aussi, de se détendre et observa un peu plus loin. L'artère dans laquelle elles se trouvaient était poussiéreuse, mal entretenue et les hommes qu'elle pouvait apercevoir semblaient être dans un état second, comme sous l'emprise d'une drogue. Un vieux papy, formidablement ridé, avait un mégot verdâtre collé sur la lèvre inférieure. L'ambiance régnante détonnait avec Tanger ou Séville.

Chefchaouen semblait endormie. Chloroformée.

En tournant la tête vers la gauche, elles aperçurent un homme d'une trentaine d'années qui leur souriait en faisant des gestes lents et saccadés dans leur direction. Clotilde lui fit comprendre, de la main, qu'elles ne comprenaient pas. Il se rapprocha d'elles.

— Du kif ?

— Du quoi ? interrogea Pauline.

— Ah ! Vous êtes Françaises ! chevrota-t-il

— Oui, et nous venons d'arriver.

— Ah, jolies gazelles Françaises ! Vous voulez du kif ?

Comprenant qu'il parlait de drogue, Clotilde remercia poliment et refusa la proposition. Il partit sans dire un mot jusqu'au bout de la rue et s'allongea sur un muret.

— Je te propose de continuer, très chère Pauline. Car, vois-tu, cet endroit… je ne le sens pas du tout ! En plus, je n'ai pas de réseau pour mon téléphone. Je n'aime pas trop ça !

Elles s'éloignèrent en jetant, après quelques minutes de route, un regard vers le village sur la colline qu'elles quittaient en toute hâte. Ce lieu semblait irréel. Chefchaouen était posée là, et paraissait coupée du reste du monde.

Le plaisir de poursuivre le voyage refit surface et l'homme à la chemise à carreaux disparut, peu à peu, de leur esprit.

Lorsqu'elles arrivèrent à Fès, elles avaient déjà parcouru près de trois cents kilomètres. Les émotions ressenties tout au long de cette journée provoquèrent chez les deux jeunes femmes une fatigue extrême. Pauline ne voulut penser qu'à une seule chose : trouver un endroit sûr et accueillant pour dormir. Il fallait absolument récupérer le maximum de hardiesses pour la suite de leur pérégrination. Le ciel marocain les aida.

En déambulant dans les ruelles montantes de Fès, un jeune homme leur proposa son aide comme guide. Elles refusèrent, dans un premier temps ; puis, face à sa gentillesse, elles le suivirent, exténuées mais rassurées.

A la fin de la visite, Clotilde se préparait à lui donner quelques dirhams pour le remercier lorsque comprenant son intention, l'homme refusa. Il leur demanda plutôt de venir chez lui pour boire un thé.

— Non, non… on ne peut accepter. Nous avons déjà bien abusé de votre patience, s'écria Pauline.

— Vous allez me vexer si vous refusez mon hospitalité, répondit-il, la main droite sur le cœur.

Clotilde se méfiait elle aussi, préjugeant les intentions du Marocain comme peu avouables. Elle glissa à l'oreille de Pauline qu'il les avait guidées dans un seul but : les ramener chez lui.

— Je ne suis pas seul chez moi. J'aimerais que ma femme vous prépare un thé à la menthe. Nous avons deux enfants. N'ayez aucune crainte. Vous savez, je suis professeur à l'Université et j'ai fait mes études en France. Je vous ai proposé mon aide car je suis passionné par ma ville et je vous ai senties très préoccupées.

Les deux jeunes femmes se laissèrent convaincre et ce qu'elles découvrirent en passant le perron de l'humble maison fut à la hauteur de la patience du professeur tout au long de la visite. Sa femme et ses enfants rivalisèrent de politesse, de générosité et de sourires bienveillants. Pauline et Clotilde n'en revenaient pas. Cet accueil était si simple et pourtant si fort. Jamais, auparavant, elles n'avaient expérimenté cette sensation : elles étaient totalement étrangères pour cette famille qui, cependant, les accueillait les bras ouverts.

Partir, le lendemain après une nuit passée dans une petite pièce, sur un matelas moelleux, leur fut extrêmement difficile. Cette chaleur humaine désintéressée n'était pas une coutume à laquelle elles avaient été initiées. Le départ pour Meknès fut le tableau d'un échange émouvant. Elles quittaient une famille, parfaitement inconnue la veille, qu'elles ne reverraient très certainement jamais et pourtant qui allait rester graver dans leur mémoire.

*

A l'entrée de Meknès, le téléphone de Clotilde retentit.

— Pourquoi ne réponds-tu pas ?
— Non, ce n'est rien…sûrement une erreur…
— Mais qu'est-ce que tu en sais ?

Clotilde se crispa et Pauline n'insista pas, proposant plutôt d'aller à la rencontre de la ville. Les rues abondaient de couleurs, d'odeur de cumin, de voix fortes, d'enfants riants, de jeunes femmes gracieuses. Cet endroit semblait à la fois chargée d'un passé magnifique, tout en étant léger comme un sourire. Arrivées devant la plus ancienne porte de la cité, *Bab*

Mansour, Pauline eut le souffle coupé. L'experte en sites touristiques ne put s'empêcher de penser combien un tel chef-d'œuvre à Bordeaux serait adoré par les touristes !

Après une matinée de marche à l'aveugle, elles rencontrèrent, au hasard d'une rue, une vieille dame. Elle avait sur la tête un foulard orangé et parme. Le poids lourd d'un cabas noir et blanc lui courbé le dos. Pauline se précipita vers elle pour l'aider. Les yeux de la vieille dame s'illuminèrent de reconnaissance et de gratitude.

— *Choukrane bizef...*

— De rien Madame... nous allons vous accompagner si vous le souhaitez.

— J'habite trop loin pour vous.

— Alors prenons notre voiture.

Une fois installée à l'avant du véhicule, la vieille dame ne put s'arrêter de parler, de sourire, de rire, la main droite sur le cœur.

Le festival débuta chez elle.

Pauline ne pouvait croire ce qu'elle était en train de vivre. Sans savoir comment la vieille dame s'y était prise, ses filles, ses sœurs, ses petits-enfants, ses voisines et bien d'autres, arrivèrent de tous les côtés, chargés de cornes de gazelles, de Ghoribas aux amandes et autres Briouats au miel !

Le thé coula à flot ! Au bout de quatre heures de partage, Clotilde et Pauline, remplies de cet amour débordant, prirent congé.

— Pauline… Mais comment fait-on en France pour être heureux. Personne ne se parle comme ils le font ici. Personne ne te reçoit sans te connaître. Personne n'a même envie de recevoir sa propre famille ou ses amis à l'improviste. Quel décalage !

— Je crois qu'il y a tout simplement plusieurs mondes… C'est fabuleux !

Le départ de Meknès fut rempli de larmes, d'échanges de numéros de téléphone et d'accolades chaleureuses. La vieille dame profita de la dernière embrassade pour glisser dans la main de Pauline un sachet :

— Méfie-toi… je sens que quelqu'un peut te provoquer de graves ennuis. Brûle cette poudre avec le bout de charbon. C'est comme de l'encens… et cela fera fuir le mauvais esprit.

— Je remercie, en tous les cas, les meilleurs esprits qui nous ont permis de vous rencontrer. Jamais je ne vous oublierai.

— Bonne route… Pauline… Attends… ! Qui t'a donnée ce collier ?

— L'homme que j'ai aimé passionnément, et qui est toujours là, dans mon cœur, lui répondit-elle en attrapant machinalement l'hippocampe turquoise

qu'Adil lui avait offert quelques semaines après leur rencontre
— Il est joli mais méfie-toi.
— Pourquoi me méfier d'un collier ?

Tout le quartier vit s'éloigner deux jeunes femmes radieuses et béates de stupéfaction. Clotilde et Pauline n'étaient pas seules dans ce pays. Elles étaient accompagnées par ces merveilleux marocains, et toujours suivies par une voiture verte...

*

Lorsqu' Adil crut comprendre que Pauline avait certainement passé la nuit avec un autre homme, il était entré dans une colère noire. Elle pensa même un instant qu'il allait la violenter. Le visage devenu rouge sang, il hurlait en lui tenant le bras fermement. Ses yeux sortaient de leur orbite. Pauline, sous le choc, ne pouvait dire un mot. Elle avait tenté de se débattre mais cela n'avait eu comme effet que d'amplifier la rage de cet homme qu'elle ne reconnaissait plus. Elle était prisonnière physiquement mais aussi psychologiquement. Personne ne devrait tolérer une telle situation, pourtant, Pauline était prise. Elle pensait l'aimait plus qu'elle-même. Sa vie ne tournait qu'à travers lui ; son esprit n'était rempli que de cet amour destructeur ; son corps ne frissonnait que pour lui et était en manque lorsqu'il s'éloignait d'elle.

A partir de cet épisode, Pauline ne passa pas un seul jour sans essayer de convaincre son homme qu'il se trompait : elle était digne de confiance. Personne ne pouvait être aussi sincère qu'elle à cet instant.

— Non Adil ! Je te le promets... Il ne s'est rien passé entre Samuel et moi. J'étais en colère ce soir-là, c'est vrai. J'ai terminé cette soirée-là sans toi et avec lui, c'est vrai. Il a tenté de m'embrasser lorsqu'il m'a raccompagnée, c'est vrai. Mais il n'est jamais monté et il ne s'est rien passé d'autre. Il faut que tu en sois certain. Je t'aime à en perdre l'esprit. Il n'y a que toi dans mon cœur. J'ai besoin de toi, de ton sourire, de tes petits plats, de ton intérieur, de ta magie exotique. Je sais que je dis n'importe quoi mais je ne sais plus comment te le faire comprendre ! Crois-moi... Je t'en supplie !

Rien n'y faisait totalement. Il joua avec elle, dès lors, comme on joue avec une marionnette désarticulée. Il en faisait ce qu'il voulait. Elle souffrait mais ne s'échappait jamais. Elle le voulait, le désirait nuit et jour, s'enveloppait de son parfum dont elle avait substitué un flacon, dans sa salle de bain. Elle fixait son téléphone à toute heure attendant désespérément son appel. Il lui avait interdit de l'appeler. Elle aimait éperdument un homme qui avait tous les atouts en main pour séduire n'importe quelle femme. Cet amour dévorant la faisait souffrir au plus profond de son âme.

Un mois plus tard, la situation s'était un peu apaisée cependant, au moindre faux pas, tout ressortait. Ils ne se débarrasseraient jamais de cette perte de confiance. Pauline avait parfois l'impression qu'il l'aimait et qu'il essayait de prendre sur lui. Peut-être tentait-il d'oublier ? Et puis, il la délaissait de nouveau, la faisant patienter des semaines avant de l'appeler. Elle ne voyait pas d'issue car, dans le fond, il n'y avait pas d'évolutions.

C'est elle qui, peu à peu, ne le crut plus. Il passait des soirées et des nuits entières dehors, elle ne savait ni où, ni avec qui. La jeune femme devenait persuadée que sa façon à lui de se venger était de la tromper. Il n'avait plus de respect, ni aucune peine vis à vis d'elle.

Et soudain, il redevenait amoureux transi. Il la harcelait, l'appelait sans cesse. Il voulait passer le plus de temps possible avec elle. Dans ces moments-là, il lui parlait toujours de son pays, le Maroc.

*

Au bout d'une semaine de voyage, après avoir eu froid dans les montagnes de Midelt, après avoir traversé Errachidia, ainsi nommée en l'honneur du fils du roi Hassan II, elles sillonnèrent de magnifiques paysages menant aux portes du désert, vers Erfoud.

Peu avant d'arriver dans la ville, elles croisèrent sur le bas-côté une voiture, apparemment, en panne. Un très jeune homme leur fit un signe alors qu'un deuxième avait la tête penchée dans le capot. Elles dépassèrent la voiture, puis prise de remords, Clotilde réussit à convaincre Pauline de faire demi-tour pour leur venir en aide.

— Ce sont deux mecs, quand même, Clotilde ! On ne sait jamais.

— Pour l'instant, je me suis toujours sentie en sécurité, dans ce pays... Et là ... ils ont l'air d'être vraiment embêtés. Imagine si nous étions dans la même situation.

—Bon, allons-y ! acquiesça Pauline, sans conviction.

Le premier jeune homme leur demanda de le ramener au village pour qu'il puisse prévenir son oncle de la panne. Les filles acceptèrent et tentèrent, durant le trajet, de lui apparaître détendues, sûres d'elles :

— Qu'est-ce qu'elle a la voiture ? demanda Pauline qui conduisait.

— Oh ! Ce n'est pas la première fois que ça arrive ! C'est encore l'alternateur... mais ce n'est rien du tout. Il faut que je récupère la voiture de mon oncle pour tracter la mienne... c'est tout...

— Vous vivez avec lui ? continua Clotilde.

— Oui, oui, il a une grande maison. Je vis là, avec toute sa famille. Merci pour votre aide. Vous prendrez le thé à Erfoud.

— Non, non, on ne va pas vous déranger et puis avec Clotilde, on a encore de la route à faire…

— J'insiste, je dois vraiment vous remercier, c'est la tradition. Mon oncle travaille dans une boutique de bijoux et de tapis.

Pauline jeta un regard complice, dans le rétroviseur, à Clotilde qui comprit aussitôt le message. Elles avaient, tout d'un coup, la sensation de s'être embarquées dans une situation peu claire. Le jeune homme ne devait pas être en panne ; son plan était bien rôdé : il appâtait les crédules pour ensuite les emmener dans la boutique et ainsi transformer ces mêmes crédules en de potentiels acheteurs !

Ne sachant pas trop comment se sortir de ce pétrin, les filles acceptèrent la visite, le thé et la conversation. Deux heures plus tard, elles y étaient encore. L'oncle fit venir le patriarche de la famille qui les invita chez lui. Les filles suivirent le mouvement.

Dès leur arrivée dans la grande maison, encore en construction, le patriarche demanda à sa femme de préparer un couscous ; les jeunes enfants ne quittèrent pas Clotilde et Pauline d'une tong ; les filles dormirent sur la terrasse extérieure qui faisait office de toit ; elles discutèrent durant des heures avec la mère de famille, donnèrent des tee-shirts aux deux adolescentes de la famille… et ce, durant trois jours.

Cela devenait une habitude pour les Européennes : elles rencontraient des gens dans la rue et l'aventure les menait ailleurs. Le monde dans lequel elles étaient propulsées leur était inconnu et pourtant bien réel ! Où qu'elles aillent, des bras ouverts tendus les accueillaient sans contrepartie. Après ces trois jours d'hospitalité, elles insistèrent pour ne plus abuser.

Chaque membre de la famille tenta, à tour de rôle, de les convaincre de rester. Le dernier à parler fut le patriarche :

— Vous ne devriez pas partir maintenant, il est déjà tard.

— Il nous reste du chemin à parcourir, vous savez.

— Je ne peux pas insister mais sachez que ma maison est la vôtre. Vous serez toujours les bienvenues dans ma famille.

— Si un jour j'ai la chance de revenir dans votre merveilleux pays, je viendrai… je vous le promets…

— *Inch Allah*, Pauline ! s'écria-t-il, tout sourire, la main droite sur le cœur.

— J'ai une dernière chose à vous demander… Je n'ai pas osé… mais, s'il vous plaît, pourriez-vous me montrer vos tapis ?

Le visage du vieillard s'illumina de fierté. Il emmena les jeunes femmes dans un local derrière la maison. La ribambelle d'enfants sautillait à leur côté. Le patriarche n'eut qu'à faire un geste de la main accompagné d'un *Ouuh* sec pour que le mouvement cesse. Tous avaient disparu lorsqu'ils pénétrèrent dans la caverne aux mille couleurs. Des tapis, ils y en avaient partout : au sol, accrochés au mur, enroulés, déroulés. Les figures géométriques et les arabesques se mariaient parfaitement avec l'éclat des couleurs. Les rouges dos de coccinelle ou les rouges brique cuite côtoyaient avec délice des harmonies jaune-orangé et or. Le blanc, çà et là, isolait et mettait en valeur les losanges insérés ou autres motifs à chevrons. La vision splendide de tels trésors fit tourner la tête de Pauline.

— Tous ces tapis sont faits en poils de chameau, précisa le patriarche.

— On a rencontré un vendeur de tapis qui nous a déjà expliqué que les tapis sont faits ainsi, ici, osa Clotilde.

— C'est faux… charlatans ! Tous ne sont pas faits comme ceux-là : je vais moi-même les chercher, deux fois par an, avec mon fils, dans le désert. C'est une tribu berbère qui les fabriquent. Elle utilise un procédé ancestral pour les couleurs. Voilà, plaisir des yeux … je vous laisse les regarder… Je peux dérouler celui que vous voulez voir.

— Je veux celui-là… l'orange, s'écria Pauline.

— Je te le déroule.

— Et le rouge aussi… ! Ils sont somptueux !

Pauline posa ses genoux sur le rouge et s'abaissa pour le sentir. Elle refit le même mouvement vers l'orangé et décida d'en acheter un. Ne sachant pas lequel choisir, elle se tourna vers le vieillard qui souriait.

— Lequel préférez-vous ? Je les aime déjà tous les deux…

— Prends les deux, plaisanta-t-il.

— Oh ! Si je pouvais…

La sonnerie du téléphone de Clotilde retentit. Elle sortit précipitamment du local laissant Pauline à son choix.

— Pour les deux, vous me faites un prix ? tenta Pauline.

— Bien sûr mais à une seule condition.

— Oui, laquelle ?

— Quand tu seras rentrée en France, tu dois les montrer à tous ceux qui viendront dans ta maison, et tu leur expliqueras d'où ils viennent. Tu donnes l'adresse.

— Je vous le promets.

L'affaire fut faite. Et, après avoir eu d'énormes difficultés à loger les tapis dans la voiture, après avoir embrassé chaleureusement la famille, avoir serré la main intensément du patriarche, après avoir pleuré, rit et pleuré de nouveau, les jeunes filles partirent, le cœur serré car elles laissaient une partie d'elles-mêmes dans cette bâtisse.

Elles passèrent devant la boutique de l'oncle avec, déjà, une forte nostalgie. Mais des kilomètres les attendaient encore. Le désert était tout prêt et le soleil déclinait. Pourtant, avec insouciance, elles avançaient heureuses et légères. Clotilde s'amusait de Pauline au sujet des tapis.

— Arrête de te moquer... sinon, je te vends comme esclave à notre prochaine halte !

Au bout de vingt minutes, la route se transforma.

— Clotilde ! Il y a de plus en plus de sable et je me demande si la voiture va pouvoir passer ! En plus, il va bientôt faire nuit...

— Quelle trouillarde tu me fais ! Ne t'inquiète pas ! Le vieillard ne nous aurait pas laissées partir si c'était dangereux.

— Il a dit que ce n'était pas raisonnable. Ce n'est pas notre père... Il n'allait pas nous attacher tout de même !

Aussi loin qu'elles puissent regarder, ce n'était qu'étendue sableuse. Le ciel se chargeait d'un camaïeu de couleurs chaudes qui les apaisait tout en leur rappelant la nuit qui arrivait à doux pas.

— Pauline, ... je ne peux pas y croire... Regarde devant ... Un homme tout seul !

— Mais d'où vient-il ? Il est à pied... Et où va-t-il ? C'est ahurissant...

— On lui propose de l'emmener ?

— Oh ! Lala ! J'en sais rien... oui... euh ! Non, on

ne sait jamais.

— Mais il est seul… Allez arrêtons-nous !

La Micra ralentit et la fenêtre s'abaissa.

— Bonjour, Monsieur. Voulez-vous que l'on vous dépose quelque part ?

— C'est très gentil Mesdemoiselles. Votre bon cœur va vous sortir d'un mauvais pas.

— Montez devant, proposa Pauline qui laissa le volant à Clotilde.

— Vous allez où à pied comme cela ?

— Je rentre chez moi à l'hôtel *Merzouga*. Et vous allez venir dormir là car sans moi vous vous perdrez et votre voiture s'enlisera.

— Oui, monsieur, chuchota Clotilde qui sembla, tout d'un coup, très perturbée.

— Tournez sur la droite, nous allons retrouver une piste pour accéder à l'auberge. Faites-moi confiance.

La nuit était désormais pratiquement tombée. Face à elles, les jeunes filles, extrêmement stressées, virent une petite dune. Mais aussi petite qu'elle puisse être, la Micra ne pourrait jamais la franchir. L'homme guida Clotilde qui s'exécuta, et la Micra réussit son passage en douceur. Au loin, on apercevait de faibles lueurs qui devinrent plus claires, au bout de quelques minutes de conduite saccadée. L'hôtel salvateur et majestueux leur ouvrait les portes.

— Voilà, vous êtes arrivées, vous êtes mes invitées.

Vous dormirez à la belle étoile sur la terrasse. Mais auparavant, montez vos bagages et venez manger dans la grande salle.

Sans un mot, les deux jeunes femmes obéirent. Lorsqu'elles finirent d'installer leur sac de couchage sur le sol de la terrasse, elles s'effondrèrent, interdites.

— Mais que nous est-il arrivé ? susurra Clotilde. Je n'en reviens pas. Ce voyage est dingue !

— Je ne comprends pas non plus. C'est l'Univers !

— Quoi ?

— Non, je dis… cela doit être l'Univers qui nous a envoyé cet homme sur notre route, aujourd'hui… Mais tu te rends compte ! Si nous ne nous étions pas arrêtées, nous serions, à l'heure actuelle, dans le désert, seules, enlisées et mortifiées !

— Je suis épuisée. Trop d'émotions ! Allons manger et puis nous dormirons tôt ce soir. Nous devons absolument récupérer sinon nous ne tiendrons pas la distance ! Quel pays ! s'exclama Clotilde en se levant brusquement.

Elles se dirigèrent, au hasard des couloirs, jusqu'à la grande salle où aucune table préparée n'était occupée. Une jeune femme brune, les cheveux tirés en une queue de cheval, vint à leur encontre.

— Bonsoir, je vais vous montrer votre table. Ce soir, nous avons un tajine de poulet aux olives. Merci.

— Merci à vous, Madame.

Elles mangèrent seules et lorsque le plat fut terminé, le propriétaire des lieux surgit d'une pièce sans porte.

— Avez-vous bien mangé ?

— Oh ! C'était délicieux Monsieur. Merci infiniment pour tout, remercia Pauline.

— C'est plaisir, répondit-il en courbant l'échine, la main droite sur le cœur. Je voulais vous dire... si vous dormez tôt vous pourrez vous lever à quatre heures pour voir le lever du soleil sur la dune.

— A quatre heures ? s'écria Pauline.

— Oui, parce qu'il faut manger avant de monter la dune qui se trouve au pied de l'hôtel.

Les ordres donnés par cet homme commençaient à fatiguer Clotilde. Il ne s'exprimait que par injonctions. Il les avait sauvées, sans le sourire certes, et leur offrait gîte et couvert sans conditions. Pourquoi ?

Clotilde ne put s'endormir, à l'instar de Pauline qui, après avoir admiré et compté quelques étoiles, sombra sans mal.

Non, pour Clotilde, quelque chose clochait... Mais quoi ? L'ange gardien, ainsi nommé par son amie, celui-là même qui les avait menées jusqu'ici, ne convainquait absolument pas la grande blonde qui ne pouvait se résoudre à accepter tant de sollicitudes de la part des Marocains.

Cette nuit-là, la lune était pleine et malgré le visage attendrissant qu'elle offrait à qui voudrait bien l'admirer, elle ne réussit pas à soulager Clotilde, aspirée dans un tourbillon d'interrogations.

*

A quatre du matin, le réveil du téléphone de Pauline mit quelques minutes avant de se faire entendre. Qu'il fut difficile pour les filles d'ouvrir un œil ! Lorsque leur cerveau accepta l'idée de se lever, tels des androïdes, les filles se mirent en mouvement.

Une demi-heure après, elles étaient prêtes pour l'ascension. L'objectif étant de marcher le plus loin possible, elles sentaient que chaque pas les rapprochait du soleil. Derrière cette immensité de sable se trouvait l'Algérie. Une première lueur apparue, Pauline et Clotilde s'arrêtèrent, stupéfaites.

— Regarde comme c'est beau, Clotilde. Viens ! On monte sur la crête de cette dune… en face, et puis on s'assoit pour admirer la suite… Tu veux bien ?

Installées à flanc de dune, les filles se remplirent du spectacle naturel. Clotilde prit son téléphone en disant :

— Tu te rends compte que même au milieu du désert… ça capte !

— Oui… d'ailleurs, je me demandais de qui te vienne tous ces appels que tu reçois depuis notre départ ?

— Non, pas depuis le départ… depuis Madrid…

— Madrid ? Mais qui-est-ce ? Nous n'avons

rencontré personne mis à part mes cousins… Non !
C'est un de mes cousins qui t'appelle ?

— Je n'osais pas te le dire… Tu sais avec Borislav, c'est très compliqué depuis quelques mois. Nous avons décidé de distancier nos rapports… si tu vois ce que je veux dire…

— Mais tu ne m'as rien dit ! Il fallait m'en parler ! Que s'est-il passé entre vous ? Tu es partie en Guyane pour lui !

— C'est vrai, mais tu ne sais pas tout. Borislav, avant de s'engager comme légionnaire, s'est marié à une française et ils ont eu deux enfants. Lorsque je l'ai connu, il se détachait d'elle mais, au jour d'aujourd'hui, ils n'ont toujours pas divorcé. Elle nous fait la guerre pour que Borislav ne puisse voir ses petits bouts, du fait de notre relation. Tant que nous vivions en niant la réalité, à Cayenne, tout se passait plutôt bien. Or, dès qu'il a souhaité accélérer les choses entre lui et moi, tout s'est dégradé. Lors d'un séjour en France, pour voir ses enfants, il a demandé le divorce et a annoncé, du même coup, qu'il voulait officialiser notre histoire. Sa femme a refusé violemment et lui a interdit de voir les petits. A son retour, il était désespéré. C'est ainsi que, de jour en jour, la distance entre nous deux, s'est faite plus grande. Les disputes se sont rapprochées, et c'est pourquoi ce voyage marocain, avec toi, pouvait m'apporter un peu de sérénité. J'ai sauté sur l'occasion.

Il fallait que je parte.

— D'accord, mais les cousins dans tout ça ?

— Ce ne sont pas les cousins mais un cousin ! répondit Clotilde, avec un sourire en coin. Le soir où nous avons dormi chez eux… Tu te rappelles ? Eh bien, David est venu dans la chambre me demandant si j'arrivais à trouver le sommeil.

— Je ne me suis rendue compte de rien du tout, le coca m'avait trop attaquée ! pouffa Pauline.

— Je me suis levée et nous sommes allés sur le balcon. Il faisait chaud et les étoiles éclairaient son visage si doux. On a parlé longuement et puis, lorsqu'il a pris ma main, tout s'est affaibli en moi. En l'espace de quelques secondes, je me suis totalement soumise à lui. Il me fallait ses bras autour de moi. Et lorsqu'il m'a embrassé lentement, je n'étais plus qu'un pantin disloqué. J'ai totalement cédé et…

Les yeux de Clotilde pétillaient en regardant vers l'Algérie.

— C'est stupéfiant ! Je n'ai rien vu venir. Alors, vous en êtes où ?

— On s'appelle en permanence et il me dit être prêt à travailler en France si je reviens moi aussi de Guyane.

— Mon dieu ! Tout va si vite !

— Oui, c'est vrai. Mais je dois reconnaître que je me sens très heureuse. Toi aussi, d'ailleurs, tu me sembles détachée. Ces derniers temps, tu étais régulièrement tendue au sujet de ton histoire avec Adil.

— Oh ! Celui-là laisse-le où il est ! Je ne veux pas en parler, il m'a fait trop de mal. Depuis que je suis sur ses Terres, je sors de *lui*.

Le regard des deux jeunes femmes se perdit, au loin, plongeant dans la magie du lieu.

*

Il est déjà cinq heures. Le soleil pointe de doux rayons par-dessus le flanc de la dune, roussie par l'éveil. Pauline est assise sur la crête et attend, le regard fixé vers l'horizon se dressant, irrégulièrement, devant elle. Le calme, le vide et le temps anesthésié, l'apaisent. Plus rien ne bouillonne, plus rien ne l'étouffe, plus rien ne la retient. Elle n'a pas encore chaud et n'a plus froid. Elle ne sait pas ce qu'elle va trouver puisqu'elle ne sait plus trop ce qu'elle est venue chercher. Elle ne craint pas demain car elle n'est plus empoisonnée par hier.

Cet instant ne doit pas s'arrêter. Il n'est que furtivité.

Elle est là assise auprès de Clotilde et le ballet des lumières jaillissantes lui offre le plus beau spectacle qui lui était donné à contempler.

Les filles restent ainsi, près d'une heure, gravant le moindre détail du fabuleux instant, dans leur mémoire. Pauline glisse sa main dans la dune, jusqu'au poignet. Elle en ressort un échantillon de Merzouga : des grains de sable qu'elle met aussitôt dans un sachet isotherme qu'elle a pris soin de prendre dans sa valise.

— Regarde Pauline ! Derrière toi… On voit l'auberge. Qu'est-ce qu'elle est petite vue d'ici !

— Oh, oui ! Il y a aussi des chameaux… là… à gauche ! L'hôtel est le point de départ d'une excursion. Comme cela doit être enivrant de partir à dos de chameau en plein désert !

— Ah, enfin ! On voit des Hommes Bleus ! Tu te rappelles, nous avions vu une photo dans la boutique de l'oncle à Erfoud.

— Cela doit être eux qui guident les touristes… ceux qui ont dormi dans le bivouac… là… à côté…

— Tu vois les voitures ? Ce sont tous des véhicules adaptés au sable… sauf la pauvre petite Micra !

— Non, il y en a une autre… Regarde derrière le 4/4 grise ! La verte… Elle est comme la nôtre, elle ne semble pas, non plus, adaptée aux dunes !

Pauline survole du regard le parking, sur la droite de l'hôtel et, en un instant, son corps se fige.

— Mais Clotilde ! Arrête… c'est la voiture du mec en chemise à carreaux… celui que je n'ai cessé de voir.

— Comment peux-tu être aussi sûre ? D'ici on ne voit pas précisément…

— Si, si… J'en suis certaine ! Cela ne peut pas être une coïncidence encore ! Cet homme nous suit, je te le répète…

— Eh bien dis-moi ! Il n'est pas très discret, tout de

même, ton « suiveur ».

— Rentrons ! Il nous faut l'affronter, une bonne fois pour toutes. Je veux comprendre !

Si l'aller avait été effectué tranquillement, dans la sérénité la plus totale, en accord avec le décor magistral, le retour, lui, connaît un rythme effréné. C'est au pas de course que les jeunes femmes regagnent l'auberge, manquant de se fouler les chevilles à de nombreuses reprises.

En arrivant sur le parking, la voiture vert-bouteille a disparu.

Pauline a peur. Une peur familière.

*

Adil, dans ses moments doux et amoureux, lui parlait de sa ville natale. De son enfance auprès de ses quatre sœurs et deux frères. Ses études insouciantes au Collège Anatole France. Ses années lycée à Mohammed V. Ses amourettes, ses premières sorties, ses meilleurs amis et surtout sa mère, belle, grande, bienveillante. Parfois, il avait évoqué, seulement par bribes, son père, autoritaire, froid, qui ne se s'intéressait qu'à son travail de banquier.

Adil était l'aîné et, à sa naissance, sa mère avait vingt-cinq ans, son père, trente-neuf. Les rapports avec le paternel avaient été très difficiles. Il le poussait à travailler deux fois plus que les autres membres de la fratrie car, s'il lui arrivait malheur, son premier fils devrait être à la hauteur pour assurer les besoins de la famille. L'exigence du père endurcit le fils qui fut marqué à vie, au plus fond de lui-même. Pourtant, Adil l'admirait plus que tout car il était aussi un conteur exceptionnel. Il pouvait, à travers ses histoires, l'amener sur tous les continents, à toutes les époques.

Lorsque Adil se laissait ainsi aller à la confidence, son regard partait loin sur les rives de Casablanca. Le ciel bleu, la légère brise au bord de la mer, la grande mosquée majestueuse, les klaxons dans le centre-ville, la terre, les odeurs… tout apparaissait dans ses yeux. Pauline n'en tombait qu'un peu plus éprise, de confidences en confidences.

Un matin, alors qu'il venait de lui faire l'amour, comme si cela était la première fois, il avait évoqué les femmes marocaines. Selon lui, elles étaient quasi parfaites : soumises à l'homme auquel elles étaient destinées, silencieuses quand l'homme parlait, discrètes pour ne pas aguichées, travailleuse pour faire tourner mari enfant maison, dans la plus grande des harmonies, propres et belles en toutes circonstances, les meilleures cuisinières qu'il soit. Plus la liste grossissait, moins Pauline se sentait à la hauteur de cet homme si exigeant.

Alors qu'il lui caressait les cheveux, lui répétant qu'elle était sa Terre, il s'était crispé brusquement :

— Où as-tu mis ton pendentif ?

— De quel pendentif parles-tu ? avait murmuré Pauline encore dans les brumes de la jouissance.

— L'hippocampe que je t'ai offert... il est où ? s'était-il écrié, la dominant de tout son corps.

— Ah ! Oui... ne t'inquiète pas, il est dans la salle de bain... Hier soir, avant de me coucher, une plaque toute rouge m'a démangée. Sans doute la chaîne. Ce n'est pas de l'or, alors ? Tu m'offres du toc ! plaisanta-t-elle.

— Donne-moi cette chaîne, je vais te la changer immédiatement !

— Tu plaisantes ? Il est 8 heures ! Aucune bijouterie n'est ouverte ! Cela peut bien attendre. Tu sais, je l'adore ton collier. Lorsque l'on aura trouvé une autre chaîne, je le remettrai. Ce cadeau qui vient de toi, posé sur moi, me permet de te sentir lorsque tu n'es pas à mes côtés...

— Donne-moi, immédiatement, cette chaîne ! rugit-il, en se dirigeant comme un forcené dans la salle de bain.

Ce matin-là, après l'avoir vu quitter précipitamment son appartement, Pauline ne le revit pas de la journée. Ce n'est que le soir, apaisé, qu'il avait sonné chez elle, en lui mettant immédiatement la nouvelle chaîne et l'hippocampe autour du cou.

— Ne l'enlève sous aucun prétexte. Je te l'avais déjà dit, il me semble.

Il l'avait portée sur le canapé du salon, lui avait arraché sa chemise et l'avait prise de force. Pauline s'était endormie, la peur au ventre.

*

Clotilde et Pauline se dirigent, toutes deux, vers l'entrée de l'auberge. En passant sous le porche arrondi, elles aperçoivent, face à elles, le *sauveur* qui hier les a menées jusqu'ici.

— Monsieur… Savez-vous à qui appartient la voiture verte qui se trouvait sur votre parking, il y a encore dix minutes ?

— Une voiture verte ? Écoutez, je ne cherche pas à découvrir la marque ou la couleur des véhicules de tous ceux qui séjournent dans mon hôtel.

— Oui, bien sûr ! Mais cette fois-ci, il faut faire un effort car depuis que nous sommes arrivées au Maroc, nous avons l'impression d'être suivies par un homme en voiture verte. Il nous met mal à l'aise. Parfois on l'oublie mais il réapparaît subitement. C'est inquiétant, tout de même ! Aidez-nous !

— Je peux regarder dans le registre de l'accueil le nom des clients pour cette nuit. Normalement, je n'ai pas le droit de vous donner l'identité des personnes qui dorment ici. Mais, allons voir … si cela peut vous rassurer.

Il récupère un vieux cahier noir derrière le comptoir de l'entrée qui fait office de réception. Il parcourt lentement la dernière page.

— Depuis hier soir, nous n'avons eu que trois chambres : un couple d'américains, une famille allemande avec deux adolescents et un homme qui semble avoir un nom iranien ou indien.

— Et nous, nous ne sommes pas notées… ? Cela veut dire qu'il peut y avoir des oublis… Peut-être, n'inscrivez-vous pas systématiquement le nom des clients ? tente Clotilde.

— Vous, vous êtes mes invitées, vous n'avez pas pris de chambre puisque c'est ma belle terrasse qui vous a accueillies ! répond-il en souriant.

— Cet homme… est-il toujours là ? demande Pauline en lui jetant un regard craintif.

— Non, il a rendu sa clé, comme les autres occupants d'ailleurs. Tout ce petit monde est reparti.

— Avez-vous un employé qui posséderait une voiture verte, par hasard ? propose Clotilde.

— Pas à ma connaissance.

— Nous devons continuer notre chemin, Clotilde. Il faut partir. Monsieur, vous avez été notre ange-gardien, nous ne vous remercierons jamais assez pour votre aide et votre accueil si précieux. Cependant, quelque chose est en train de se tramer. Quelque chose que nous ne maîtrisons pas. Nous devons continuer et rester davantage sur nos gardes.

— Tu ne crois pas que tu dramatises un peu, Pauline ?

— Clotilde, s'il te plaît, fais-moi confiance. J'ai une très mauvaise intuition. Ce voyage est magnifique, les gens que nous avons rencontrés sont formidables, mais je te dis que quelqu'un est à nos trousses. Le pourquoi et le comment… Je l'ignore !

Désabusées, elles reprennent la route pour rejoindre Ouarzazate, *la Porte du désert,* et sa couleur caramel.

Alors que Clotilde se concentre sur la piste sableuse, Pauline note sur un bout de papier, ce qu'elle a pu voir du nom de l'Iranien en le lisant à l'envers, sur le registre de l'auberge. L'homme qui les suit s'appelle Reza Dhani ou Dadashi. Les consonances évoquent aussi bien l'Iran que l'Inde, effectivement.

*

En entrant dans Ouarzazate, Pauline veut absolument se rendre directement à la *Kasbah de Taourirt.* C'est sous une chaleur torride que les deux jeunes femmes pénètrent dans le lieu le plus représentatif de la ville, classé au patrimoine mondial de l'Unesco.

Dans une de ses recherches touristiques pour son

travail, en France, Pauline était tombée sur des images de ce château de sable, fait de terre et de paille. Elle l'avait trouvé si majestueux qu'elle en avait approfondi le sujet. Cet endroit, en d'autres temps, avait été la résidence d'un très puissant Pacha de Marrakech, *El Glaoui,* qui tenta de détrôner le roi Mohammed V.

A l'intérieur de la Kasbah, les filles ne peuvent visiter que la salle à manger et les appartements de la favorite. Elles ressortent épuisées, mais les yeux remplis de mille lueurs après avoir admirer tant de beautés.

Elles errent dans la ville à la recherche d'un endroit pour dormir lorsqu'elles entendent un brouhaha venant d'une ruelle sur leur droite.

— Je crois qu'il y a un marché par-là, viens on y va… ! Je dois absolument trouver un foulard de danse orientale, suggère Pauline.

Lasse, mais non mécontente d'avoir l'occasion de trouver un plat à tajine, Clotilde se soumet de bonne grâce. Elles déambulent ainsi parmi les étals lorsque soudain, un homme surgit par derrière et chuchote à l'oreille de Pauline :

— Méfiez-vous, jolie gazelle… Vous courez un grand danger…

Pauline, effrayée, se retourne aussitôt et ne peut distinguer, dans la cohue nocturne, la personne qui s'est adressée à elle. Ne sachant pas trop quoi penser, elle ordonne à Clotilde de sortir de ce souk qui devient, tout d'un coup, hostile. Elles sont des étrangères ici.

— J'ignore si c'est à moi qu'on a voulu parler mais j'ai entendu quelqu'un me dire de nous méfier.

— Tu vas me raconter cela dans le calme... Trouvons au plus vite un hôtel.

C'est l'hôtel *La Gazelle* qui les accueille cette nuit-là.

Au petit matin, après une nuit agitée, Clotilde trouve leur porte de chambre ouverte. Les valises et sacs de couchage ont été fouillés, durant la nuit. Elle commence à considérer d'un autre œil les divagations de son amie.

Clotilde, en temps normal, ne craignait pas grand-chose. Elle prenait le meilleur chez les gens qu'elle rencontrait et était toujours prête à affronter de nouvelles expériences, le sourire désarmant en prime. Pauline l'avait toujours admirée pour cela. Elle lui apportait cette force.

Pourtant, à cet instant, une légère appréhension naît en Clotilde. Elle n'a rien entendu cette nuit, écrasée par la fatigue. Sans faire de bruit, elle se lève, fébrile, referme la porte, range rapidement les vêtements dispersés. Sitôt la chambre rangée, vierge de toute infraction, elle réveille Pauline.

*

— Pourquoi ne viendrais-tu pas avec nous au Maroc ? Tu serais notre meilleur guide ! avait proposé, un soir de juin, Pauline à Adil.

Il n'avait pas répondu tout de suite, plongeant son regard ébène dans les yeux noisette qui le suppliaient.

— Tu as choisi d'y aller avec une autre personne. C'est ton voyage, pas le nôtre, avait-il fini par lui dire, sèchement.

— Mais lorsque j'ai projeté ce départ, je ne te connaissais pas. Par loyauté envers Clotilde, je ne peux pas annuler. Je dois le faire. C'est une parole donnée qui ne peut être reprise.

— Nous sommes tous soumis à des choix, à différentes étapes de notre vie. Tu fais les tiens.

— Je te trouve très dur. Clotilde est formidable, c'est une amie fantastique. Je ne pourrai jamais lui faire cela. Je te propose de nous accompagner parce qu'il m'est difficile d'envisager toutes ses découvertes sans toi... Je t'aime passionnément.

Adil n'avait pas daigné répondre.

Pauline s'était couchée, le corps nu, contre lui.

Il lui avait tourné le dos.

Elle avait glissé la main sous son bras allant jusqu'à son large torse.

Il n'avait pas bougé.

Elle avait descendu sa main le long de son corps jusqu'à son sexe.

Il la lui avait retirée fermement.

Elle s'était endormie, avec forte mauvaise conscience.

Il l'avait réveillée, en pleine nuit, se couchant sur elle, ses deux longues mains lui serrant les deux bras.

Pauline, coincée et étouffant sous le poids, n'avait manifesté aucune résistance. Il s'était introduit en elle et ne voulait qu'une seule chose : la dominer totalement. Il était le maître et il était le seul à décider du moment, du lieu et de la manière. Pauline devait se résoudre à accepter.

Cette relation l'entraînait vers le bas mais elle était liée à cet homme. La sensation d'être sa prisonnière pour toujours, l'étouffait tous les jours davantage.

Au petit matin, il était parti de chez elle, sans un regard. Glacial.

*

— Allez ma Pauline, une longue journée nous attend avant d'arriver à Marrakech !

— Le réceptionniste m'a dit que la route allait être très montagneuse. Tu sais qu'il va y avoir de nombreux ravins ! Je déteste ça !

— Je conduirai et je t'emmènerai à bon port, trouillarde !

Le temps est dégagé en ce matin de juillet. Le

paysage de montagne offre un nouveau spectacle aux deux vadrouilleuses. Clotilde pointe du doigt un coin particulièrement typique. La montagne, à cet endroit, crève le ciel azur. Un tapis vert flamboyant recouvre le flanc ouest tandis que sur l'autre versant, le sol est tapissé de terre rouge et ocre.

La route menant à Marrakech, sinueuse à souhait, paraît infinie. La Micra croise, à maintes reprises, des bus ou des camions extrêmement larges. A chaque virage, Pauline pense que cela va être le dernier. La jeune fille passe trois heures, cramponnée à son siège, et s'est crispée comme une feuille d'aluminium, qu'elle sort de la voiture, à l'entrée de la *Perle du Sud.*

Clotilde s'est garée face aux remparts de la ville fortifiée. En se retournant, Pauline peut apercevoir les montagnes de l'Atlas. C'est à cet instant qu'elle prend réellement la mesure des événements : elle se trouve dans un pays merveilleux et ce voyage la hantera toute sa vie. Elle réalise pleinement la chance qu'elle a.

— Il y a le festival des Arts populaires en ce moment, regarde ! s'écrie Clotilde en tirant le tee-shirt de Pauline.

La jeune fille se retourne vers son amie, le visage radieux et découvre l'affiche sur laquelle on parle du spectacle musical. Le soir même, au *Palais Badii,* se produit le groupe *Gnaoua,* à 22 heures.

— Il faudrait que l'on essaye d'y aller si tu veux. On

écoutera de la vraie musique traditionnelle.

Pauline veut répondre lorsqu'elle reconnaît, dans la foule, une silhouette très familière. Sans réfléchir, elle se met à courir, traversant sans porter grande attention à la circulation. Elle ne doit pas quitter des yeux cet homme. Arrivée à la porte du rempart, elle cherche éperdument. Tout son corps tremble, de grosses gouttes perlent subitement le long du visage. Le cœur tape si fort qu'elle en a mal aux oreilles. Clotilde l'a rejointe.

— Mais qu'est-ce qui te prend ? Non mais, tu n'es pas folle ? Quelle imprudence, Pauline ! Il faut absolument que tu te calmes maintenant !

— Je suis certaine d'avoir aperçu l'homme à la chemise à carreaux. Je ne peux plus le voir celui-là ! Il me sort par les yeux. Il faut faire quelque chose parce que je commence à vraiment perdre mes nerfs. Mais que nous veut-il, bon sang ?

— Écoute, éructe Clotilde. Si vraiment il voulait nous faire du tort, il y a longtemps qu'il en aurait eu l'occasion. Ou c'est une coïncidence, incroyable je te l'accorde, ou c'est une erreur. Tu crois reconnaître des hommes qui ne sont que des sosies du premier que tu as vu à Tarifa.

— Je te dis que c'est le même !

— Pourquoi nous suivrait-il ? Nous ne sommes pas si importantes ; nous n'avons rien à cacher ; nous n'avons rien découvert ; nous ne sommes pas des célébrités de renommées mondiales ! On n'est rien de tout cela, alors stop ! Trouvons l'hôtel Ibis, posons nos bagages et allons faire un tour sur la Place *Jamâa El Fna* !

Elles arrivent sur l'avenue Mohammed VI, passant devant des hôtels gigantesques. Un d'entre eux attire particulièrement leur attention. Devant l'hôtel *Les Idrissides*, une calèche est en attente. Le cheval semble nerveux et un trio de femmes commencent à s'asseoir à l'arrière.

— La prochaine fois que l'on vient à Marrakech, nous viendrons dans cet endroit, plaisante Pauline.

— Le seul hôtel de tout le voyage que nous avons réservé depuis la France et tu as choisi un Ibis !

— Au moins, j'étais sûre en faisant ainsi que l'on aurait une bonne douche, en trois semaines !

Les jeunes femmes rejoignent l'avenue Hassan II et trouvent, sans peine, l'Ibis Moussafir, près de la gare de Marrakech. Pauline avait obtenu une réduction en passant par son agence de Bordeaux.

Après une bonne douche, elles se rendent immédiatement dans la piscine du jardin. Elles nagent près d'une heure, sans s'arrêter, commandent une salade composée, puis se dirigent, éreintées, vers leur chambre. Elles dorment, d'une traite, jusqu'au lendemain. Épuisées, heureuses mais très inquiètes, malgré tout.

Dès le petit matin, Marrakech est visitée de fond en comble. Les filles ne veulent rien rater de la citadelle. Chaque ruelle mérite leur attention. Chaque jardin s'offre à elle. Chaque mosquée leur raconte une histoire. Elles deviennent princesses promises au sultan, danseuses orientales, ou bien *Tislit* la fiancée séparée de force d'*Isli*. Et lorsqu'un marocain les regarde d'un air coquin, elles se transforment en *Aïcha Kandicha,* la fatale.

Marrakech les transporte dans un espace où le temps n'a plus de frontières, où l'amour peut surgir à chaque coin de la Médina. Les fortes odeurs d'épices qu'elles sentent, en passant près des marchands ambulants, les enivrent délicieusement.

A la nuit tombée, elles retournent à la terrasse de leur hôtel pour s'y désaltérer.

— D'ici, on peut voir notre chambre… regarde, en haut, sur la gauche…

— Mais… On dirait qu'il y a de la lumière, s'interroge Pauline.

— Apparemment… La femme de ménage a dû oublier de l'éteindre ou bien…

Les filles se précipitent en direction de l'ascenseur et accèdent rapidement au 3e étage. La porte de leur chambre, rouge aux moulures dorées, est entrebâillée. En entrant, elles découvrent un amas d'habits, et autres effets personnels, éparpillés aux quatre coins de la chambre.

— Mais c'est horrible, hurle Pauline. Qui a bien pu nous faire une telle chose ?

— Ce n'est pas la première fois que quelqu'un s'introduit dans notre chambre. Hier matin, à Ouarzazate, j'ai découvert que nos sacs avaient déjà été visités. Je ne t'ai rien dit pour ne pas t'effrayer… J'ai tout rangé avant de te réveiller.

— Tu vois… j'avais bien raison. Il y a, bel et bien, une personne qui cherche à nous nuire. Cependant, je me triture l'esprit pour connaître la raison. Rappelle-toi, sur le marché, la voix d'homme que j'ai entendue me mettre en garde !

— Allons chercher des renseignements à la réception. Nous rangerons plus tard.

Leurs investigations dans tout l'hôtel ne donnent rien. La chef réceptionniste les aide à remettre de l'ordre dans leurs affaires. Pauline peut lire son prénom sur le petit badge accroché sur son cœur.

— Saïda ? Quel joli prénom ! Nous vous remercions de nous aider.

— Je vous en prie. Il n'y a pas eu infraction… Je crois reconnaître le mode opératoire. Vous a-t-on dérobé quelque chose de précis ? s'enquiert la jeune employée.

— Nous ne détenons rien de valeur. Mais nous avons

la désagréable sensation d'être suivies depuis notre arrivée au Maroc, continue Clotilde.

— Pas d'argent, ni de bijoux ou de matériel informatique ?

— Rien. Mon bijou le plus précieux est sur moi, répond Pauline en désignant l'hippocampe turquoise et sa chaîne en or.

— Pour ce qui est du reste, nos seules richesses sont dans nos cœurs. Nous avons amassé assez d'images, de joie, de gentillesse, d'amour désintéressé depuis que l'on a posé nos pieds en terre marocaine.

Saïda, le visage envahit par la reconnaissance, prend la main de Clotilde en la serrant chaleureusement.

— Vous serez toujours les bienvenues, ici.

Saïda en répondant à Clotilde a, dans le même temps, lancé un regard curieux vers le pendentif de Pauline. Elle reste ainsi, quelques secondes, fascinée par l'éclat de l'hippocampe. Seuls les mouvements de Pauline pour ranger au plus vite le désordre, l'arrache de sa contemplation. Ce regard insistant n'a pas échappé à Clotilde.

— Il y a longtemps que vous travaillez dans cet hôtel ?

— Non, mademoiselle. J'ai été embauchée, il y a quelques mois seulement.

— Vous êtes bien aimable de nous aider, lui dit Pauline, le sourire franc.

— C'est mon devoir, répond la belle marocaine, la

main droite sur le cœur.

Clotilde sursaute. Cela faisait maintenant plusieurs personnes qu'elle voyait faire ce geste solennel. Au début, elle avait pris ce mouvement pour un signe de remerciement et d'humilité. Une impression étrange se fixe en elle. Elle tente de se rappeler tous ces êtres si tendres qui se sont adressés aux deux jeunes femmes ainsi. Il y a eu tout d'abord cet homme sur le *Tanger jet* qui chantonnait. Puis le professeur, à Fès, avait eu le même geste. La vieille dame de Meknès ainsi que le patriarche, à Erfoud, ou bien encore leur ange gardien du désert, l'avaient eu aussi. Et maintenant, c'était au tour de cette réceptionniste. Clotilde décide de garder pour l'instant cette découverte pour elle.

— Nous vous remercions sincèrement mais nous devons nous reposer à présent. Le chemin a parcourir est assez long.

— Bien sûr. Je vous souhaite une très bonne nuit. Surtout n'hésitez pas à nous avertir si quoique ce soit venait à vous indisposer. *Slama*.

— *Slama*, Saïda, lui répond Pauline, en la raccompagnant.

La porte fermée, Pauline se retourne vivement vers Clotilde :

— Tu n'as pas été très courtoise avec Saïda ! Tu as vu comment tu lui as demandé de partir ?

— Sans doute... Mais, je me suis rendue compte

d'une petite chose étonnante.

Clotilde lui fait part de ses doutes en énumérant, un à un, les personnages qui ont croisé leur route.

— C'est fréquent au Maroc, je pense. Et puis, selon toi, que nous apporterait de connaître la signification cachée de ce geste ?

— Je ne sais pas. Je me questionne tout bonnement. Il semble évident que quelqu'un cherche quelque chose qui serait en notre possession. Cette personne, si elle est seule, a eu l'occasion, par deux fois, de trouver. Nous ne savons pas quoi et nous ignorons si durant cette dernière visite, il ou elle a eu gain de cause. Rappelle-toi aussi que plusieurs personnes t'ont demandé de faire très attention à toi. Et pour finir, tu te sens suivie depuis Tarifa. Tout cela réunit devient très étrange.

— Tu as raison. Et si l'on nous avait caché de la drogue, sans que l'on s'en aperçoive ? Juste pour passer la frontière. Cette personne nous suit pour récupérer son bien, peut-être ?

— J'en doute car on aurait déjà pu tomber sur un contenu ne nous appartenant pas. Nous faisons et défaisons nos bagages tous les deux jours. L'hypothèse d'un transport d'un paquet illégal est à exclure, selon moi. Encore une, fois ouvrons l'œil.

— Pourtant, il va bien falloir le fermer, ainsi que le deuxième, parce que moi je tombe de fatigue. Je n'arrive pas à récupérer avec tous ses suspens !

Pauline termine de rassembler toutes leurs affaires, et c'est en soulevant un dernier tee-shirt qu'elle reconnaît le petit sac que la vieille dame de Meknès lui avait glissé dans la main.

Méfie-toi… je sens que quelqu'un peut te provoquer de graves ennuis. Brûle cette poudre avec le bout de charbon. C'est comme de l'encens… et cela fera fuir le mauvais esprit.

Machinalement, Pauline met le petit sachet dans son sac à main, persuadée qu'elle a entre les mains une sorte de talisman qui la protège.

Malgré l'heure tardive, Clotilde ne peut trouver, encore une fois, le sommeil. Elle envoie un message à David. Lorsque le bip de réponse retentit, la déception se lit sur son visage. C'est un message de Borislav. Elle préfère ne pas répondre. Elle éteint le portable et regarde son amie qui a réussi à s'endormir.

Une phrase prononcée par Saïda ne sort pas de son esprit. La jeune réceptionniste a laissé sous-entendre qu'elle connaissait les méthodes utilisées lors de la visite impromptue. Que voulait-elle dire exactement ? Clotilde s'en veut de ne pas avoir réagi devant Saïda.

*

Ce n'est que quelques jours avant le départ que

Pauline avait revu Adil. C'est lui qui avait téléphoné, lui donnant rendez-vous dans une brasserie bordelaise.

La jeune fille avait encore insisté pour qu'il l'accompagne, il avait dit qu'il ne pouvait pas.

Elle s'était alors levée précipitamment, il l'avait attrapée par le bras dénudé.

Elle avait eu mal, il avait insisté et serré davantage.
Elle s'était rassise, il avait souri.
Elle et lui ne faisaient qu'un.

*

Un rayon de soleil pénètre par la fenêtre entre les rideaux violets. Des pas et des cris se font entendre dans le couloir. Pauline, d'un bond, se lève et se rend dans la salle de bain. Ses rêves l'ont transportée dans d'incompréhensibles situations :

Elle se promenait dans le désert. Tous les habitants marocains qu'elle avait rencontrés la laissaient passer, un sourire aux lèvres et la main droite sur le cœur. Un hippocampe, la dépassant de deux têtes, avait surgit d'une dune et l'avait assommée. Elle s'était réveillée dans un souk dans lequel des commerçants la priaient de venir voir leurs marchandises.

— Plaisir des yeux, lui criaient-ils. Viens, Mademoiselle... Viens boire le thé à la menthe. Elle acceptait un verre coloré bleu-argenté et finissait par

se brûler la bouche avec le liquide mentholé. A son grand désespoir, elle n'arrivait pas à hurler sa douleur. Le souk entier riait de la voir ainsi. L'hippocampe avait fini par revenir et lui avait dit qu'elle lui appartenait désormais, pour le restant de l'éternité...

Lorsque Pauline voit son reflet dans le miroir de la salle d'eau, elle fixe ses yeux noisette, ses cheveux au carré mal coiffés et s'arrête sur son cou. La plaque rouge est revenue mais le collier a disparu.

Elle retourne dans la chambre en prenant garde de ne pas réveiller Clotilde et se met à la recherche du bijou, si précieux aux yeux d'Adil. C'est au pied du lit qu'elle trouve la chaîne. Aucune trace de l'hippocampe.

— Que fais-tu, Pauline ? Tout va bien ?

— Oui, désolée de t'avoir réveillée. Je ne trouve plus mon hippocampe.

— Je l'ai trouvé cette nuit, sur mon oreiller. Ses écailles m'ont piquée alors je te l'ai mis sur la table de chevet. Il m'a attaqué ton animal ! dit Clotilde en s'étirant les bras et les jambes.

En glissant la chaîne dans le maillon du pendentif, un petit clip se fait entendre au niveau de la tête de l'hippocampe. Pauline aperçoit une ouverture. Elle tente d'ouvrir un peu plus la brèche avec ses ongles. Après trois tentatives vaines, la tête de l'animal finit par s'ouvrir… Un minuscule objet en tombe.

— Clotilde ?

— Oui, je t'entends… Je suis aux toilettes… J'arrive.

— Viens vite… ! J'ai trouvé quelque chose !

— On ne peut pas être tranquille cinq minutes, marmonne Clotilde en revenant, les cheveux en bataille.

— Regarde… C'est tout petit !

— Où l'as-tu trouvé ? lui répond la grande blonde, sans y prêter grande attention.

— Dans la tête de mon hippocampe turquoise.

— Quoi ? Montre-moi cela de plus près.

En observant l'objet attentivement, Clotilde comprend qu'elles se trouvent en possession d'un genre de microfilm miniature.

— C'est un mini boîtier avec deux petites baguettes qui en sortent sur le devant. Il n'y aucune inscription. C'est étrange de trouver cela dans un pendentif.

— Ce serait comme une clé USB contenant sans doute des informations ?

— Arrête *Fantômette* ! s'esclaffe Clotilde.

— Il y a un numéro, là … Regarde ! A5 JLR33.

— Ah ! Oui, je ne l'avais pas vu ! Mais qu'est-ce que c'est que cette histoire ?

— Bon, je vais le remettre où il était et j'en parlerai à Adil à mon retour… c'est lui qui me l'a offert. Mais au fait… crois-tu qu'il soit déjà au courant ? Maintenant que j'y pense, il a toujours été très curieux de savoir où était mon collier. Il m'a demandé à plusieurs reprises de ne jamais l'enlever, même pour un instant…

— Quand te l'a-t-il offert ?

— Au début de notre relation… il y a cinq, six mois.

— D'où venait ce pendentif ?

— Du bijoutier, je suppose ! Je ne lui ai pas demandé ni où il l'avait acheté, ni combien ! plaisante Pauline.

— Et si c'était cet objet que notre visiteur recherchait justement ?

— Il aurait eu la possibilité de me le prendre, il y a déjà bien longtemps !

— Sauf...s'il ne sait pas où ce microfilm se cache exactement !

*

Après un petit déjeuner copieux composé de fruits, de crêpes au miel et de thé à la menthe, les jeunes filles se dirigent vers la réception régler la note. Pauline veut absolument dire au revoir à Saïda, avant de reprendre la route pour Casablanca, ville de naissance d'Adil. Elle demande à voir la belle marocaine.

— Excusez-moi, Mademoiselle, mais nous n'avons pas de Saïda dans notre personnel.

— Comment ça, il n'y a pas de Saïda ?

— Oui, désolé. Vous faites erreur. Nous avons une jeune stagiaire qui se nomme Safia mais pas la moindre

Saïda dans les parages ! lui répond le standardiste, les yeux remplis de sourires.

— Où se trouve cette certaine Safia ?
— Je suis là.

C'est bel et bien une certaine Safia qui se retourne vers Pauline... déconfite.

La Micra quitte Marrakech, transportant, en ce premier jour d'août, deux jeunes femmes interloquées et quelque peu dépassées par les événements de ces dernières heures.

Depuis trois jours, elles entament leur troisième semaine de voyage. Essaouira, la *Bien-dessinée,* leur ouvre les bras.

*

En entrant, en fin de matinée, dans la ville, la première idée qui vient à l'esprit de Clotilde est d'aller directement voir la plage de plus près.

La jeune sportive a, à de nombreuses reprises, pratiqué du windsurf sur les côtes du Pays Basque français. Elle sait que les vents puissants d'Essaouira, sont réputés dans le monde entier. La ville, d'ailleurs, accueille chaque année une étape de la coupe du Monde de kitesurf.

Elles empruntent la corniche, d'une beauté sans

pareille et après avoir garé la voiture, elles flânent le long de la plage. Leur promenade les mène jusqu'aux remparts de la ville bien gardée. La robe orangée de Pauline s'accorde parfaitement avec la blancheur des remparts. Clotilde prend une photo de son amie qui tente le domptage de ses cheveux tout chamboulés par les rafales de vent.

En observant de loin des surfeurs en pleine action, elles continuent vers le port. Ici, des dizaines de barques bleues semblent attendre le prochain départ pour la pêche. Les filles déambulent entre les étalages de poissons des différents restaurants, installés sous des auvents, à même le port. C'est là qu'elles dégustent des sardines et des calamars frits à souhait.

Pauline et Clotilde, quelque peu apaisées, ressentent une joie simple de pouvoir vivre ces instants magiques. Durant le reste de la journée, Essaouira est visitée. Les filles s'arrêtent ici, pour acheter de l'huile d'Argan et là, pour ramener des épices. Clotilde trouve un petit tableau représentant la mer ; Pauline, un sac en cuir et une statuette en thuya.

Sereines mais très courbaturées, elles reprennent la voiture à la recherche d'un hôtel pour la nuit.

En chemin, à un carrefour déserté, un homme leur fait signe de la main. Elles s'arrêtent à son niveau.

— Bonsoir, gazelles françaises. Si vous cherchez où dormir… vous avez trouvé. J'ai une maison à louer, pour une ou plusieurs nuits. C'est pas cher.

— Non, on ne cherche pas une maison… juste un hôtel… Et comment savez-vous que nous sommes Françaises ?

— La plaque d'immatriculation, bien sûr ! Venez voir ce que je peux vous proposer, après vous déciderez.

En France, les filles ne se seraient même pas arrêtées. Auraient-elles même regardé cet homme leur faire un signe ? Le doute subsiste… Mais, elles ne sont pas dans n'importe quel pays, elles sont au Maroc où plus rien ne les étonne. Elles suivent en voiture, au ralenti, l'homme à pied qui les guide jusque dans une petite impasse. Le stress est pourtant palpable à ce moment précis. Malgré tout, Pauline arrête le contact et elles descendent de la Micra, pour pénétrer dans cette maison. Le jeune Kader leur fait visiter l'intérieur, insistant sur le fait que pour le temps de leur séjour, elles seront chez elles.

Elles acquiescent, l'air hagard.

Kader, avec son argent, repart.

Pauline sourit à sa consœur.

Clotilde s'endort paisiblement sur le lit, qui sera le sien… pour vingt-quatre heures !

Le lendemain matin, aux aurores, elles rendent les clés et après avoir avalé un petit-déjeuner frugal dans la médina, elles repartent pour quatre heures de route.

En suivant la côte, elles veulent arriver à Casablanca avant midi.

*

— *Quand tu arriveras à Casablanca, pense à moi. Je l'ai quittée à 18 ans et elle est toujours restée gravée dans mon cœur. Tu sais pourquoi j'ai choisi Bordeaux ?*
— *Non, absolument pas... Mise à part la possibilité de m'y rencontrer !*
— *C'est vrai... Tu es à mes yeux, un cadeau de la vie. Un peu comme... les cannelés !*
Pauline lui avait répondu à la manière d'un boxeur. Il l'avait enlacée tendrement et elle s'était abandonnée pleinement à l'homme qu'elle désirait le plus au monde.
— *Un jour, nous irons ensemble à Casablanca. Je serai Ingrid Bergman et tu seras mon Humphrey Bogart !*
— *Tout ceci finira mal alors !*
— *Arrête ! Tu vas nous amener le mauvais œil !*
— *Je te protégerai lorsque tu seras au Maroc. Mais à ton retour, nous ne nous verrons plus. Je suis venu te dire adieu, ma belle.*
— *T'as pas fini de dire toutes ces bêtises ? Depuis Bordeaux, tu ne pourras, en aucune façon, me protéger et...*

Pauline s'était relevée subitement sur le lit d'Adil. Elle avait tiré le drap rouge sur son corps nu, encore transpirant. Elle était restée, ainsi, quelques secondes durant lesquelles elle avait planté ses yeux dans ceux d'Adil. Il avait détourné le regard préférant fixer le plafond.

— Qu'as-tu dit ? Me dire adieu ? Tu n'acceptes toujours pas mon départ, demain, pour le Maroc ?

— Je n'en ai rien à faire de ton départ ! Nous ne nous verrons plus... c'est tout. Tu es mignonne, drôle, intéressée par de nombreux domaines mais notre histoire s'arrêtera là.

— Tu veux dire que c'est la dernière fois que nous nous embrassons ? Et tu me parles de protection aux delà des frontières ? A quoi tu joues, Adil ? Tu t'es joué de moi durant six mois ?

— Tu es trop jeune pour moi. Je dois fonder une famille. Dans six ans, j'en aurai cinquante, tu sais ! Le temps presse et ma mère, à Casablanca, ne vit que pour avoir le bonheur de me voir devenir père. Tu as besoin de vivre encore d'autres expériences. Et puis, je ne réussis pas à te donner toute ma confiance depuis le soir où...

— Je t'ai dit qu'il ne s'est rien passé, ce soir-là. Quand vas-tu enfin l'entendre ? Je n'aime que toi. Je suis prête à fonder une famille, moi-aussi.

— Pauline... N'insiste pas... C'est mieux comme

cela. Quittons-nous apaisés.

— Je n'arrive pas à le croire. Tu me laisses comme ça, à coup de « c'est mieux ! », et... sans le moindre chagrin ?

— Non, je suis triste mais je pense à nos deux avenirs.

— Il y a encore vingt minutes, nos deux avenirs étaient parfaitement réunis. Quand tes mains se sont posées sur moi, tu as senti le frisson qui me parcourait. Quand ta langue a cherché le moindre recoin de mon corps, tu as senti chacun de mes coups de rein. Et quand je me suis totalement offerte à toi, j'ai senti ta jouissance aussi fortement que la mienne. Maintenant, tu peux balayer tout cela et m'éjecter de ta vie ?

Pauline s'était épuisée à vouloir convaincre cet homme qui la fuyait. Après s'être douchée et habillée, en larmes, elle avait claqué la porte, la rage au ventre.

Arrivée chez elle, elle décida de purger son esprit. Cette histoire n'existait plus et n'avait, probablement, jamais existé. Clotilde arrivait le jour même de Cayenne. Son avion atterrissait à quinze heures vingt, à l'aéroport de Mérignac. Pauline avait tout mis en œuvre pour faire bonne figure devant son amie.

*

La première impression ressentie par les deux jeunes

femmes, en entrant dans Casablanca, est incontestablement un sentiment stupéfiant de modernité. Le contraste avec les précédents lieux découverts tout au long de leur périple est saisissant. La capitale économique du pays leur paraît être une grande métropole européenne. Des buildings, des enseignes de banques et de multinationales, un port immense... Tout y est dix fois plus moderne. La circulation à Casa est dense et toutes les rues semblent surpeuplées. En empruntant la corniche, elles se retrouvent nez à nez avec la grande mosquée Hassan II, en bord de mer. Ce monument est si grandiose qu'elles ne peuvent résister à l'envie de l'approcher, de le toucher, de le respirer, de s'en imprégner. Elles peinent à trouver une place pour se garer et lorsque la Micra est bien parquée, elles courent vers la Mosquée, blanche et verte, érigée, en partie sur la mer.

— Elle est belle notre Mosquée !

Pauline et Clotilde se retournent découvrant un vieux marocain assis sur une chaise pliante. Il ne leur semble pas l'avoir vu en arrivant.

— Oui, bien sûr, elle est magnifique. Et ce minaret est immense...

— Plus de 200 mètres. C'est le plus haut de tous.

— Vous devez être fier de votre monument ?

— Oh ! Vous savez... Disons qu'aujourd'hui, ça va. Je trouve notre Mosquée très belle... mais cela n'a pas était toujours le cas. Enfin… c'est surtout pendant et juste après la construction que, nous, les Casablancais, nous n'étions pas tous d'accord. Mais, c'est une histoire ancienne !

Clotilde, restée en retrait, observe la scène. Elle développe, désormais, un sentiment de méfiance, décryptant les moindres faits et gestes des personnes auxquelles elles s'adressent.

Les filles saluent le vieil homme et regagnent leur voiture. Elles ne peuvent ni voir le papy casablancais les suivre du regard, la main droite sur le cœur, ni l'homme trapu, au volant de sa voiture vert bouteille, les observer.

Elles reprennent la route pour aller manger, à dix kilomètres de là, au *Morocco Mall*, le plus grand centre commercial d'Afrique.

*

Aoum, je voudrai être un fauteuil dans un salon de coiffure pour dame.
Pour que les fesses des belles âmes s'écrasent contre mon orgueil !

De retour sur Casa, Pauline fredonne, tout en conduisant, un air des *Gnawa diffusion,* poussant Clotilde à chanter et à danser.

— Sacrilège ! Je ne peux te voir danser ainsi cette danse ancestrale. Il y a des choses dans la vie qui se respectent, Madame ! plaisante Pauline.

— Oh, ça va la bêcheuse ! Ce n'est pas parce que tu prends des cours que tu peux te permettre de critiquer. La danse est libre : on danse comme on veut, lui répond Clotilde, en lui ébouriffant les cheveux de sa main gauche.

L'endroit qu'elles ont trouvé est une pension tenue par une famille peu sympathique. La chambre minuscule a deux lits en ferraille, un matelas aussi fin qu'une peau d'oignon, et pour la douche ou les toilettes, il faut se rendre sur le palier de l'étage en dessous. Les propriétaires des lieux ne leur ont quasiment pas adressé la parole, si ce n'est pour donner le prix de la nuit et les horaires de fermeture.

— Non, on ne donne pas les clés de la porte d'entrée. A minuit, nous fermons.

— Comme pour Cendrillon…, croit bon de plaisanter Pauline pour détendre les esprits. En vain.

— Voilà votre clé de chambre. Petit déjeuner à 8 heures.

— C'est l'armée, marmonne Clotilde.

Aussitôt sorties, c'est l'effet de surprise que les deux vagabondes recherchent en désirant s'abandonner à la ville blanche.

Ainsi, elles échouent dans le quartier *Mers Sultan*. C'est au détour d'une ruelle que Pauline pense être victime d'une hallucination. Elle aperçoit Adil. Ne pouvant le croire, elle hurle à Clotilde de stopper la Micra et descend en trombe pour se diriger vers celui qu'elle pense reconnaître.

Clotilde commence à être coutumière du fait : c'est la deuxième fois que Pauline lui fait ce coup. Elle gare le véhicule et rejoint son amie, qui, entre-temps, a déjà traversé l'avenue. Lorsqu'elle rattrape Pauline, cette dernière se cache derrière une voiture en stationnement.

— Bon, tu vas m'expliquer ce qu'il t'arrive cette fois-ci !

— Là, l'homme qui discute avec la jeune femme… c'est Adil ! Et cette femme, je la connais. Il avait discuté avec elle, un soir, alors que nous devions manger ensemble, lui et moi. Ils semblaient avoir été séparés de longues années après, soi-disant, avoir fait les mêmes études. C'est cette fille, j'en suis certaine.

— Que font-ils ?

— Je n'en sais rien… Oh ! Regarde, deux hommes arrivent près d'eux… Oh ! Mon dieu, je les connais, eux-aussi. Ces deux hommes étaient là le soir du restaurant. Ils n'étaient pas prévus et pourtant, lorsque je suis arrivée, Adil m'a fait attendre plus d'une heure pour, finalement, arriver avec ces deux-là !

— Qui sont-ils ?

— Que font-ils ? Qui sont-ils ? Tu m'en poses des questions ! Je n'en sais rien. Et, au moment où je te parle, je suis atterrée, mais surtout dans une colère noire. Il doit y avoir une explication. Je dois me calmer...

— Oui, très bonne initiative parce que moi je ne fais que t'aider...

— Excuse-moi ma Clotilde mais comprends-moi. Adil a refusé de venir, avec nous, dans son pays d'origine. Il s'est séparé sans mal de moi, et je le vois, ici, avec cette fille !

— Allons les voir, c'est la seule solution !

— Plutôt mourir que de me confronter à lui devant cette femme.

— On dirait une petite fille...

— Mais, officiellement, nous ne sommes plus ensemble, je te rappelle !

— Et bien raison de plus, vas-y en tant qu'amie : *« Oh ! Quelle coïncidence... Adil...toi, ici ! Bonjour, messieurs, dame. Si tu savais quel merveilleux voyage nous faisons, mon amie et moi. C'est fantastique ! Ton pays est très beau... Allez, bonne route, au revoir et à bientôt peut-être ! Ciao !»* Voilà ce que tu peux lui dire et tu verras comment il réagit.

— Non, suivons-les !

— Arrête, ils vont nous repérer. Je te rappelle que l'on ressemble plus à des touristes qu'à des filles locales !

— Je vais chercher les foulards dans la voiture. Pendant ce temps, surveille-les bien… J'arrive.

Le petit groupe qu'observe Clotilde se parle mais sans se regarder vraiment. Les quatre individus donnent l'impression de faire le guet, à tour de rôle. Il est évident, pour Clotilde, qu'ils ne sont pas tranquilles.

— Ils sont toujours là ?

— Oui, mais regarde-les attentivement.

Pauline a la même réaction après quelques secondes d'observation.

— Ils ne semblent pas être très heureux de se retrouver. Pas de sourires, pas d'accolades chaleureuses, une distance appuyée par des regards fuyants. Ils ne sont pas sereins.

A ce moment précis, Adil tourne la tête dans leur direction. Avec un cri étouffé, les deux jeunes filles se baissent au niveau de la roue arrière de la voiture. Clotilde, gênée par sa grande taille, peste légèrement contre cette situation burlesque. Lorsque Pauline se relève le petit groupe a disparu. Elle court, suivie de près par une Clotilde exaspérée, jusqu'au bout de la ruelle. Elles entraperçoivent les quatre membres du groupe partir chacun dans une direction différente.

Déconfites, elles se dirigent vers la pension.

Cette nuit-là, elles ne peuvent dormir, ni l'une ni l'autre.

*

Une heure seulement de trajet suffit à la Micra pour arriver, le lendemain matin, à Rabat. L'élégance des grands boulevards, parfaitement entretenus, impose aux visiteuses un respect total dès qu'elles pénètrent dans la capitale marocaine.

Durant tout le séjour, elles ont foulé le sol de magnifiques villes impériales or celle-ci bat tous les records. Tout y est ordonné. Les parterres fleuris donnent aux avenues une impression de sérénité et de limpidité. Les rayons du soleil éclaboussent les fontaines formées de cercles concentriques. Les rangées de palmiers s'accordent parfaitement avec les mosaïques des longues allées. La ville respire la pureté et le poids de l'histoire se fait présent à chaque enjambée.

Clotilde et Pauline empruntent l'avenue Mohammed V et se rapprochent du quartier de la Médina. Soudain, surgit face à elles, comme posée au-dessus de l'océan Atlantique, la *Kasbah des Oudaïas*, du nom de la tribu qui, au $19^{\text{ème}}$ siècle, s'y installa chassée par le sultan de Fès. Pour pénétrer cette somptueuse citadelle, les jeunes filles passent humblement sous la porte colossale *Bab-Al-Oudaïas* et se retrouvent dans un monde feutré. Aucun son ne dérange la contemplation des ruelles pavées, des murs recouverts de chaux blanches et bleues. D'immenses poteries trônent devant certaines portes d'entrées, lourdes et richement ornées de moulures aux couleurs reposantes. On y respire un air andalou.

Au fil de leur promenade, elles suivent une petite rue qui les fait passer devant une grille en fer forgé. Elles découvrent alors une terrasse sur laquelle sont disposés chaises et tables bleues. De ce *Café Maure*, où elles s'installent pour se rafraîchir, elles ont une vue imprenable sur Salé, la ville qui fait face à Rabat.

Surgissant de l'océan, des pics de rochers, léchés par des vaguelettes d'écumes, deviennent pour quelques secondes une halte pour plusieurs mouettes, à la recherche de nourriture. Des bateaux de plaisance croisent la route de voiliers. La mise en évidence de ce paysage féerique les transporte dans un autre monde. Elles sont bercées par une légère brise qui dépose, délicatement, un joli voile sur la culpabilité d'avoir trop succombé aux pâtisseries, tout en buvant un thé à la menthe fortement sucré…

En repartant, Pauline s'arrête devant une porte bleue parsemée de clou. Sur le mur de cette maison, trône, à bonne hauteur, une faïence verte sur laquelle le numéro 22 couleur ocre est inscrit. Elle ne peut résister à l'envie de toucher les clous de cette porte qui semble très ancienne. A leurs contacts, Pauline ressent une chaleur envahir son bras. Le fer est si brûlant qu'elle en sursaute laissant échapper un cri de stupéfaction.

C'est à ce moment-là, qu'un homme surgit de nulle part se jette sur elle. Il tente, vainement, de lui arracher l'hippocampe bleu.

Clotilde lui assène un coup sur la tête, ce qui le projette contre le mur. L'instant de faiblesse de leur agresseur leur permet de lui échapper et elles se mettent à courir le plus vite possible pour retrouver la sortie. En tournant à gauche, vers un passage identique aux autres, deux hommes les agrippent. Un tissu est placé sur leur visage et on les transporte, par la force, dans une bâtisse de la *Kasbah*. Les jeunes femmes se débattent, crient leur terreur. Cela n'a d'autres effets que d'être bâillonnées et d'avoir les mains liées. Pauline sent de sa jambe gauche celle de Clotilde. Elles restent ainsi plusieurs minutes avant d'entendre un bruit de pas dans la pièce d'à côté. Puis, des voix s'élèvent. Au moins deux hommes, peut-être trois, parlent une langue incompréhensible. Après quelques cris, durant cette conversation houleuse, le silence revient tel que Pauline et Clotilde l'ont connu en entrant dans la forteresse.

Mille pensées se bousculent dans l'esprit des prisonnières. Elles ne peuvent accepter l'idée même de ce rapt. Comment était-il possible qu'elles se retrouvent dans cette situation, ici et maintenant ? Elles ne sont personne. Pauline repense à l'agression du premier homme et comprend que l'hippocampe est la clé de toutes leurs interrogations et ce, depuis des jours. Adil est dans le coup, c'est sûr. Il s'est joué d'elle depuis le début, comme le soir de leur rencontre. Leur histoire n'en a jamais été une. C'est peut-être lui, d'ailleurs, qui se trouve là, participant à l'agression.

Elles restent ainsi des heures, sans pouvoir dire combien. La soif, la faim et l'angoisse leur trouent l'estomac. Ne pouvant pas communiquer entre elles, de courtes somnolences apaisent leur panique. Le tissu sur le visage les démange tandis que le bâillon dans la bouche les empêche de respirer correctement. L'attente devient de plus en plus insoutenable lorsque soudain…

Des pas, un souffle, un mouvement. Quelqu'un est en train de les libérer en défaisant, un à un, tous les liens responsables de leur torture. Les poignets en sang, la gorge sèche et les jambes endolories, elles rampent, par réflexes, dans le sens inverse de la personne qui vient de les sauver. Lorsque les yeux se réhabituent à la lumière de la pièce, Pauline discerne une jeune femme blonde en pantalon et en basket. Son tee-shirt blanc porte une inscription en anglais.

— Mais vous êtes qui ? hurle Clotilde.

— N'ayez plus peur je suis venue pour vous mettre à l'abri, je suis l'agent Laura Stensor. Je travaille pour les services de renseignements français.

— Vous êtes une espionne ?

— En quelque sorte. Venez avec moi. Nous sommes pressées.

Pauline, restée en retrait durant cette conversation, observe attentivement cette femme blonde qui lui est totalement familière.

— Je ne vous suivrais que lorsque vous nous aurez expliquées ce qui se passe exactement ! exige Pauline, sur un ton ferme et intransigeant. Je vous reconnais… Vous étiez avec Adil, un soir à Bordeaux et nous vous avons aperçue hier, toujours avec lui, à Casa !

— Nous savons avoir été repérés. C'est pourquoi nous nous sommes retrouvés chez la famille d'Adil pour changer notre plan. On vous a suivi jusqu'à l'entrée de la Kasbah. Mais ici, plus qu'ailleurs, il nous était très difficile de ne pas être vu. Lorsque vous avez été agressée

s, nous avons poursuivi vos trois assaillants. Ceci explique pourquoi, vous êtes restées si longtemps enfermées.

— Depuis combien de temps sommes-nous ici ? demande Clotilde

— Cela fait à peu près cinq heures.

— Mais où se trouvent ces hommes ?

— Ils sont sous contrôle… Nous avons récupéré ce qu'ils vous avaient… enfin ce qu'ils avaient en leur possession.

Machinalement, Pauline porte sa main à son cou. La

chaîne et l'hippocampe ont disparu.

*

Les filles cèdent lorsque l'agent Stensor réitère sa demande. Elle hèle un taxi, et les trois jeunes femmes s'engouffrent à l'intérieur.

Pauline et Clotilde sont tétanisées par l'incompréhension. Il fait nuit maintenant et, par la vitre, elles peuvent voir les lumières de Rabat resplendir sur les rues successives qu'elles empruntent. La magie qui se dégage de la ville tranche avec la peur qui les tenaille.

Au bout de quelques minutes de trajet, le taxi les dépose à l'adresse donnée par Laura, qui règle et salue l'homme transporteur. Elles se retrouvent, toutes trois, devant une imposante bâtisse, blanche aux volets verts.

— Suivez-moi… ! Nous sommes arrivées. Vous êtes en sécurité, désormais.

Pauline prend machinalement la main de Clotilde et la lui serre prestement. Clotilde reste silencieuse, la tête haute, le regard froid.

A l'intérieur de la maison, une musique se fait entendre. C'est *Sirius, d'Alan Parsons project.* Les filles ont soudain l'illusion, d'être dans un mauvais film. Tout y est réuni. Le mobilier ancien n'est pas celui que l'on trouve habituellement au Maroc. Les armoires, finement ciselées, sont imposantes par leur taille. Des buffets et des tables basses en palissandre sont dispersés çà et là. Au-dessus de ce mobilier trônent des statues en bronze d'éléphant, ou en pierre grise de personnages assis en tailleur. Au plafond, des suspensions et des lampes jaunes ou vertes attirent l'œil.

La musique cesse brusquement.

— Je suis heureux de te voir.

— Adil ?

Accompagné des deux hommes du restaurant bordelais, il s'approche d'elle en la serrant si fort et si chaleureusement que le corps de Pauline s'en souvenant, lâche prise.

— Pouvez-vous nous expliquer une bonne fois pour toutes ce qui se passe ? Je pense aller voir les autorités si je n'ai pas satisfactions…

Un coup de feu, provenant de la rue, empêche Clotilde d'avoir les réponses attendues. Tous les occupants, par réflexes, s'allongent sur le sol. Après quelques secondes de silence, Laura et Adil se lèvent et se postent chacun d'un côté de la vitre qui a volé en éclats sous la balle. Les deux autres hommes attrapent Pauline et Clotilde afin de les mettre en sécurité dans une pièce au sous-sol. Elles se retrouvent encore une fois enfermées, à double tour.

— Je n'y comprends rien Clotilde. Qui sont tous ces gens ? Est-ce l'homme à la chemise à carreaux qui nous en veut ? Ou est-ce Adil et sa bande qui ne sont pas très clairs ?

— A mon avis, ce sont les deux. Je n'y comprends pas plus que toi à toute cette histoire. Mais si on s'en sort bien, je pense que l'on se souviendra de ce voyage même dans l'au-delà !

Des coups de feu retentissent de nouveau. Mais cette fois-ci, l'échange de tirs de la fusillade dure de longues minutes et le silence se refait dominant.

Les filles attendent.

*

Dehors, trois hommes, plutôt trapus, très bruns et de petite taille, se cachent derrière un muret au bas d'une maison blanche aux volets verts. Ils tentent de tirer sur un groupe composé d'un agent français de la DGSE et de trois marocains.

Deux trapus sont tués, un Marocain touché. Avant de partir, voyant qu'il ne peut pas retrouver le bien pour lequel il se bat, le dernier trapu lance une grenade par la fenêtre de la bâtisse. Un Marocain est tué et le deuxième succombe, dix minutes plus tard, à ses blessures.

De la maison, un coup de fil aux forces de l'ordre marocaines est donné pour prévenir de la présence de jeunes femmes dans un sous-sol.

*

Lorsque les hommes de la sûreté marocaine viennent les délivrer, Pauline et Clotilde, en état de choc, ne réussissent à maîtriser leurs tremblements. Les spasmes de Pauline sont plus violents. Un infirmier, dépêché sur les lieux, lui administre une piqûre de *Valium*. Clotilde retrouve, peu à peu, ses esprits, et c'est elle qui peut expliquer à la police le déroulement des événements qu'elles subissent depuis des jours.

Un policier leur apprend que quatre hommes sont décédés. Il est impossible à Pauline de savoir de qui il s'agit exactement.

— Ils ont tué Adil ! J'en suis sûre. Oh, mon dieu ! Quel cauchemar ! Je n'en peux plus, sanglote Pauline.

— Nous allons rentrer en France… Calme-toi. On va retrouver notre vie et tout se remettra en ordre, la rassure Clotilde.

— Cela ne sera pas pour tout de suite, Mesdemoiselles. Vous êtes attendues au Palais Royal. Notre Roi, Mohammed VI, désire s'entretenir avec vous.

— Le ROI ? répondent, en chœur, les deux françaises.

— Nous ne méritons pas un si grand honneur ! continue Pauline.

— Il n'y a pas de discussions possibles. Veuillez

nous suivre. On va vous donner à boire et à manger. Puis, une fois lavées et changées, vous serez accueillies dans le cabinet personnel de sa Majesté.

Elles obéissent.

C'est Clotilde qui fait la première révérence devant un roi qu'elle n'a vu qu'à travers les médias. Pauline la suit de près, trop impressionnée pour regarder le souverain, dans les yeux. Il leur demande de se relever, en souriant pour aider le malaise des jeunes femmes à s'envoler. On leur a placé un foulard sur la tête, en entrant dans le Palais. Il glisse sur les épaules de Pauline qui, maladroitement, tente de le remettre en place. Le roi arrête son geste en débutant la conversation.

— Bonjour, Mesdemoiselles. Je crois que l'on vous doit bien une petite explication. Je vous présente M. Shakri, directeur de la sécurité royale. Il va tout vous expliquer.

Le roi leur parle en toute simplicité, avec un regard bienveillant. Il leur demande de s'asseoir sur des fauteuils richement parés d'ors.

Le chef de la DSR se tourne vers elles. Cet homme longiligne, au crâne dégarni avec un visage ovale, s'adresse aux jeunes filles sur un ton sec.

— Voilà, depuis que vous avez foulé le sol de notre pays, nous avons eu un regard sur vous deux. Nous savions où vous alliez et qui vous voyiez. L'affaire qui nous préoccupe est à la fois secrète mais publique aussi. Les gens l'ont oublié ; certains ne le sachant même pas, mais tout débute dans un autre pays. Cette nation... c'est l'Inde. J'ai été alerté, par les autorités françaises et indiennes, qu'un homme de naissance marocaine, mais de nationalité française était sur le point de découvrir le trésor des Maharadjahs.

Pauline ne peut s'empêcher d'avoir un petit rire nerveux, à l'évocation d'un trésor.

— Ne riez pas Mademoiselle. Tout ceci peut prêter à sourire, cependant, l'histoire est sérieuse.

Clotilde fait un signe de l'œil à Pauline qui se reprend. Elle croise les jambes et lève sa tête vers le directeur pour retrouver une certaine contenance.

— Il faut remonter loin dans l'Histoire pour comprendre. En effet, en 1947, l'Inde est déclarée indépendante vis à vis de l'Angleterre qui gérait auparavant l'administration du pays. Avec *la Partition*, l'ancien Empire britannique des Indes a été divisé en deux pays indépendants : l'Union indienne d'une part, le Pakistan et le Bengladesh, d'autre part. Durant cette période, la communauté musulmane vivant dans toute l'Inde, dut s'exiler au Pakistan, tandis que les hindous durent se regrouper en Inde. Ce partage se fit dans le sang et de nombreuses personnes périrent au cours de ces migrations. Adil Al Ouia est le fils d'un musulman,

Dakhil Al Ouia, né en Inde et qui ne pouvait se résoudre à quitter sa Terre. Le Pakistan, bien que musulman, n'était pas son pays. S'en suit un périple pour cet homme qui, à l'époque, n'avait que seize ans. Il décida de tout quitter pour recommencer une nouvelle vie ailleurs. Il intégra un groupe de personnes désirant s'exiler. Il traversa l'Iran, l'Irak, le Liban, la Méditerranée en cargo et a fini par s'installer au Maroc. S'il a résidé quelques années à Tanger, il s'est posé définitivement à Casablanca. Sa vie de famille fut heureuse. Il était banquier et eut sept enfants. Il est décédé, il y a un an.

— Pardonnez ma question, mais quel rapport avec les Maharadjahs, ose Pauline.

— J'y viens. Dakhil Al Ouia, en quittant l'Inde, aurait découvert où se trouvait le fabuleux trésor. Toute sa vie, il n'a cessé de le répéter, sans pour autant divulguer l'endroit. Notre service des renseignements généraux avait eu vent de ses dires. Le lieu du soi-disant trésor ne se communiquant que de père en fils, chez les Maharadjahs, nous n'avons pas cherché à approfondir ces élucubrations. A sa mort, son fils Adil a décidé de retrouver ce bien pour venger l'honneur de son père. Il a été aidé dans sa quête par un agent français et deux amis marocains.

— Laura Stensor ?

— C'est cela même. Cet agent de la DGSE française

s'est servi de ses informations confidentielles pour trahir l'Inde salissant, au passage, le Maroc et la France. Trouver ce trésor est un affront porté à la culture et au peuple indien. Et notre pays ne peut tolérer qu'un homme, né au Maroc, entache les relations diplomatiques avec aucune autre nation.

— Adil fait-il parti des hommes tués lors de l'attaque ? implore Pauline.

— Non, lui et l'agent Stensor ont disparu, pour l'instant. Ils sont activement recherchés par nos services. Nous comprenons votre inquiétude, sachant que vous aviez une liaison avec cet homme.

— Stensor et Adil sont-ils ensemble ? continue Pauline.

— Pas à notre connaissance. Pourtant, ils se connaissent depuis au moins quinze ans et ont échafaudé ce plan en étroite collaboration.

— Pourquoi le père d'Adil n'a-t-il pas fait lui-même les recherches, de son vivant ? Pourquoi attendre sa mort pour les entreprendre ? questionne Clotilde.

— Nous n'avons pas la réponse. Cependant, vous avez été, toutes deux, en danger dès l'instant où vous, Mademoiselle, vous avez eu autour du cou un collier avec un hippocampe turquoise comme pendentif. Nous vous protégions à distance.

— C'était cela alors… Un matin, j'ai découvert que la tête de l'hippocampe s'ouvrait. A l'intérieur, il y avait une sorte de microfilm. J'ai tout perdu dans la *Kasbah des Oudaïas*. Des hommes nous ont séquestrées durant cinq heures, à l'intérieur d'une maisonnette et ils ont réussi à m'arracher la chaîne.

— Nous sommes au courant. La mini puce que vous avez trouvée contenait explicitement des informations sur le lieu du trésor ancestral des Maharadjahs. Les hommes qui vous pourchassaient font partie d'une milice fanatique indienne. Indépendants, ils militent pour un retour au pouvoir des Maharadjahs. Ces derniers n'ont aucun contact avec ces terroristes. Lors de la fusillade, deux fanatiques sont morts, un troisième est dans la nature.

— Concrètement, que voulez-vous de nous et quand pourrons-nous repartir en France ? s'impatiente Clotilde.

— Les événements prenants une tournure dramatique, continue le directeur de la DSR, nous avons tenu à vous expliquer et vous mettre à l'abri, dans un premier temps. Puis, lorsque vous sortirez du Palais, des soldats de l'Armée Royale Marocaine vont vous mener, pour ce soir dans un hôtel de la ville et demain, à la première heure, ils ont la mission de vous raccompagner jusqu'à la frontière française. Là, vous serez prises en charge par nos confrères français, jusqu'au lieu de vos habitations. Vous, à Bordeaux et vous, en Guyane, n'est-ce pas ? Votre voiture vous attendra à Bordeaux.

L'homme a terminé sa phrase avec un sourire charmeur, éclairant tout son visage.

— Qui a, en sa possession, mon pendentif, à l'heure actuelle ? Stensor m'a laissé entendre qu'elle et ses coéquipiers s'en étaient emparé, près de la *Kasbah des Oudaïas.*

— C'est fort probable, cependant, nous l'ignorons. Si tel est le cas, ils se retrouvent avec des informations inestimables. Mais si c'est l'organisation des fanatiques indiens, dont le but est de financer le changement de régime en Inde, qui le détient, cela me semble plus grave. En effet, s'ils mettent la main sur ce trésor... qu'adviendra-t-il par la suite ?

— Tu te rends compte, Clotilde, l'homme à la chemise à carreaux était bel et bien malintentionné. Il nous suivait depuis Tanger, peut-être même avant.

— La police espagnole vous protégeait.

— Ah ! Oui, rappelle-toi, Pauline sur l'autoroute, peu avant Séville. Nous avons vu débouler une voiture de police sur notre droite. Tu avais vu les policiers te dévisager…

— Maintenant, vous êtes hors de danger, intervient le roi. Je vais devoir vous laisser. Mes serviteurs vont vous proposer quelques rafraîchissements avant votre départ. Je vous souhaite de pouvoir revenir dans de meilleures conditions dans notre pays.

Elles prennent congé du roi et de son directeur qui les saluent, tous deux, chaleureusement, la main droite sur le cœur.

Deux hommes, au charme oriental indescriptible, les attendent dehors. Ils ont pour eux l'avantage indéniable de l'uniforme qui, à coup sûr, produit toujours un effet torride sur Pauline. Elles montent dans la berline noire spécialement affrétée pour elles.

— Toutes les personnes alors que nous avons vu faire ce geste de la main droite… ce n'étaient que des personnes envoyées par le roi pour nous guider et nous protéger ? demande Pauline en se tournant vers Clotilde.

— Il faut croire… réplique Clotilde un sourire béat sur les lèvres.

— Maintenant que je refais le film à l'envers, je m'aperçois qu'ils ont tous eu un regard vers l'hippocampe. Ils devaient être missionnés pour s'assurer qu'il était encore autour de mon cou !

Un des deux gardes de l'armée Royale se retourne vers Pauline. Il lui fait un clin d'œil, la main droite sur le cœur.

Pauline fond d'un plaisir soudain et brûlant pour cet inconnu, prénommé Shahyne.

*

— Dis donc, ma belle ! Si j'avais su ça, j'y serai resté davantage en Inde ! Je l'aurai peut-être trouvé ce trésor fabuleux ! s'esclaffe David à Clotilde, au bout du fil, dans un éclat de rire.

— Ce n'est pas si drôle… On aurait pu y rester dans cette histoire hallucinante ! proteste Clotilde, ulcérée.

— Je sais ! J'ai eu très peur de te perdre. C'est pourquoi, je te retrouve à Bordeaux, avant ton départ pour Cayenne.

— Pour l'instant, on vient juste de quitter le Maroc. Ne t'inquiète pas, nous sommes entre de bonnes mains. Notre arrivée est prévue dans deux jours et je ne pense pas rejoindre la Guyane aussitôt. Il me reste encore un peu plus de trois semaines de vacances avant la rentrée au lycée.

— Tu veux venir à Madrid ?

— Lorsque toutes les formalités d'usage auront été effectuées, je te rejoins. D'ailleurs, je me demande si je ne vais pas totalement rester en Espagne… ?

— Tu blagues ?

— Non, je crois avoir fait le tour de l'outre-mer. Et puis, comme je ne sais pas parler espagnol, je pense tenter la nouvelle vie pour apprendre la nouvelle langue.

— Et vivre avec ton nouvel homme ?

— Pourquoi pas ! J'ai envie d'essayer. J'ai adoré être contre toi. Je n'ai pensé qu'à te connaître davantage. J'ai besoin de te revoir, de te sentir, de t'embrasser…

— D'accord, d'accord ! Arrête... sinon j'arrive immédiatement.

— Pour moi, cela serait idéal. Pourtant, nous sommes au cœur d'incidents diplomatiques très graves, mon cher ! Nous ne maîtrisons pas notre destin, en ce moment. Les présidents, les rois, les chefs de police, tous nous réclament... Il va falloir attendre un peu, je le crains.

— Je vais attendre. Je t'embrasse... Toutes mes pensées sont avec toi. Appelle-moi lorsque tu arrives à Bordeaux.

— Je te le promets. Je t'embrasse fort, moi aussi.

Clotilde, en raccrochant, avait mis le portable sur sa poitrine, cherchant dans sa mémoire, à retrouver les traits du visage de David.

— Et patati et patata... Et je t'aime, et tu me manques..., glousse Pauline.

— Quelle sotte ! Petite jalouse !

— Moi, jalouse ? Tu rigoles, je suis en train de tomber raide dingue amoureuse d'un nouvel homme !

— N'importe quoi ! Tu n'as vraiment qu'un cœur d'artichaut. Adil est déjà oublié, rayé de la liste ?

— Adil est mort, selon moi. Il m'a utilisé, il m'a menti, il m'a mise en danger, il m'a abandonné et puis, il est trop vieux pour moi. C'est lui qui l'a toujours pensé. Nous n'avions aucun avenir ensemble. Son but était ailleurs. Je l'ai aimé plus que moi-même et il m'a laissé là…

Pauline a troqué son rire contre une intense peine en parlant de son amour perdu. Sur cette aire d'autoroute, la *pause-essence* est le théâtre de la fin de la romance. Tout ce chemin parcouru lui a permis de faire le deuil de ce rapport pervers qu'Adil entretenait avec elle. Bien sûr, ce beau garde marocain ne remplacera personne, pourtant le désir brûlant qu'elle ressent subitement pour Shahyne est un gage sur sa capacité à aimer à nouveau. Comme tant d'autres avant elle, elle veut être bien aimée.

Elle est consciente que son soldat à la beauté royale ne sera pas le prochain grand amour de sa vie. Il l'aidera, tout au plus, à passer le cap de la déception. Sa grand-mère espagnole disait toujours : « Il faut soigner le mal par le mal ».

Elle choisit donc d'écouter ces sages paroles en remplaçant, dans son corps, un Marocain par un autre marocain.

*

L'arrivée sur Bordeaux est moins triomphale que le départ. Après un contre-temps des responsables français, la mission des deux gardes les mène, finalement, jusqu'à la capitale girondine.

C'est dans l'appartement de Pauline que le petit

groupe franco-marocain se retrouve. Habib et Shahyne ne connaissant pas la ville, c'est tout naturellement qu'ils demandent aux filles de la leur faire visiter.

Fatigués du long trajet parcouru en deux jours, ils prennent, chacun à leur tour, une douche, s'habillent, se parfument et sortent dans un pub cubain de la ville. Les *Mojitos* coulent à flots, les cacahuètes offertes dans de grands saladiers sont leur repas du soir. L'arachide n'estompant pas l'alcool, les Mojitos montent, en dix minutes, à la tête des filles. Les gardes ne boivent aucun alcool et s'amusent de voir, tout d'un coup, Pauline et Clotilde devenir de formidables championnes de danses latines. La salsa coule dans leur sang. Elles donnent l'impression d'être nées cubaines. Habib est le plus réservé des deux hommes. Sa gentillesse transpire par tous les pores de son corps.

— Il est raide comme la trique ! le décrit Clotilde, au cours de la soirée.

Pauline proteste contre la perfidie de son amie.

— Il est extrêmement courtois et serviable. Il s'est rendu disponible pour nous deux depuis Rabat. Ne plaisante pas avec ça. Rappelle-toi l'amabilité des Marocains. On doit leur rendre la pareille.

— Bien sûr... Tu as raison. Je n'ai pas dit cela méchamment, tu le sais bien. Mais autant je trouve Shahyne détendu, libre de ses mouvements, bien dans sa tête, autant je vois l'inverse chez Habib. Je souhaiterais qu'il se sente bien, justement parce que je suis encore dans l'état d'esprit de ceux qui nous ont accueillies.

Demain les deux hommes devront repartir, laissant le relais à des agents de la DST qui resteront le temps que l'on retrouve Adil, Laura Stensor, le microfilm et le, ou les quelques fanatiques indiens.

Mais pour l'heure, Habib a le privilège de dormir sur le canapé convertible du salon. Clotilde a les honneurs de la chambre d'ami. Shahyne, quant à lui, est élevé au grade de général, toutes catégories, par une Pauline déchaînée de sensualité. Après l'avoir agrippé par le bras, l'obligeant à toucher son corps nu, elle l'embrasse fougueusement. Sa langue fait irruption dans la bouche du jeune homme qui prit au piège, se laisse embarquer par son amazone. Il lui tient alors, de ses deux mains vigoureuses, les hanches, ce qui a pour effet d'amplifier le désir violent que ressent Pauline. Il lui fait l'amour à plusieurs reprises et ce n'est qu'au petit matin que les deux corps vaincus se laissent dormir. Ils sont, malgré le sommeil, invincibles.

Pourtant, en fin de journée, le lendemain, les gardes royaux prennent congé pour toujours, laissant Pauline et Clotilde aux bons soins de deux agents français des RG, l'un bouffi et chauve, l'autre décharné, possédant à son actif une haleine avariée.

L'histoire ne se répétera pas cette fois-ci. Ces deux

hommes-là dormiront dans le convertible du salon. Pauline et Clotilde resteront ensemble dans la chambre !

En allant voir son courrier, le matin suivant, Pauline y trouve une feuille pliée en deux. Elle déplie le morceau de papier et peut lire :

> *Revoir l'Afrique de Bordeaux*
> *Le cheval de mer y est beau*
> *Pour toujours à la Terre mienne*
> *Attristé d'avoir causé la peine*
>   *A.*

Pauline, instinctivement, cache le bout de papier sur sa poitrine, en le calant avec les bretelles de son soutien-gorge. Elle remonte dans son appartement et demande aux agents de pouvoir aller faire quelques courses.

— On ne peut pas vous laisser sortir sans surveillance. Il n'y a qu'en cas d'urgence que vous pourrez sortir accompagnée par l'un d'entre nous.

— OK... Tant pis... ! Nous ne mangerons que des conserves alors !

— J'irai acheter le nécessaire, propose le Bouffi qui commence, sans doute, à se demander comment vont se passer ses journées en ne mangeant que ces conserves promises.

Pauline rejoint Clotilde dans la chambre.

— Écoute-moi bien... Je n'ai pas beaucoup de temps... Je suis sûre qu'Adil a déposé un mot me demandant de me rendre chez lui. Je crois même avoir compris qu'il est en possession de l'hippocampe... Il me parle de cheval de mer... Enfin, bref... Il faut absolument que je sorte d'ici. Donc, mon plan : je vais leur faire croire que je prends une douche et toi, pendant ce temps, tu les distrais. Mets de la musique pour couvrir le bruit de la porte d'entrée. Et quand ils s'apercevront que je suis partie, j'aurai déjà pu voir Adil, normalement.

— Tu es sûre de vouloir faire cela... ? C'est sans doute dangereux. Je crois que tu ne devrais pas sortir d'ici. Tu as vu ce dont ces hommes sont capables. Ils sont armés et convaincus du bien-fondé de leur conviction...

— Tu sais bien que tu ne pourras m'en dissuader. D'habitude, c'est toi qui fonces tête première. Cette fois-ci, j'ai pris ta force. Je me sens confiante et puis j'amène la poudre de la vieille dame. Je la brûlerai chez Adil. Cela enlèvera le mauvais œil sur nous ! plaisante Pauline.

A peine le Bouffi parti vers le supermarché du quartier Mériadeck, les filles mettent leur plan à exécution. Clotilde demande au maigrichon de l'aider à enlever une écharde inexistante dans sa main, après avoir mis *By The Way,* des *Hot Chili Peppers.*

— Dites-moi, cher monsieur...saviez-vous que la plupart des animaux se lavent en se léchant ?

— De quoi me parlez-vous ? s'inquiète l'officier, se demandant où souhaite en venir Clotilde.

— Non... Juste... Je me faisais la réflexion qu'à part les oursins et les hérissons, tous les animaux se lèchent pour se laver. Voilà tout !

Le Maigrichon ne peut que rester coi.

Pauline descend, à toutes volées, les cinq étages de l'immeuble et se précipite vers la station de tramway, juste en bas de chez elle.

Elle va retrouver l'homme présent dans toutes ses pensées.

*

La sonnette retentit une deuxième fois. Le chauffeur du tramway de 10 heures 26, s'assure que personne n'ignorera son arrivée sur le quai. Il y a déjà eu tant d'accidents depuis la mise en place des lignes que les conducteurs sont devenus quelque peu nerveux durant leur circuit quotidien. Pauline attend que les portes s'ouvrent pour se précipiter à l'intérieur. Elle s'assoit à une place près de la fenêtre, dans le sens de la marche.

Dès que le tramway démarre, tout en observant les personnes qui se déplacent à pied ou à vélo, elle ne peut s'empêcher de jouer au jeu du *« Je suis toi un instant »*.

Lorsqu'elle est assise dans un lieu public, c'est son occupation favorite. Elle observe la première personne qui peut l'inspirer ; un homme, une femme, petit ou grand, mince ou costaud, ado ou troisième âge ; puis, immédiatement, elle s'imagine être dans cette enveloppe charnelle observée. Elle entre, non seulement, dans le corps, mais aussi dans l'esprit, dans les gestes. C'est alors qu'elle se demande ce que peuvent être les conditions de vie de cet inconnu, le but de la promenade. Elle entre dans leur intimité et accomplit, dans sa tête, les mêmes pas, les mêmes gestes. Elle se voit se regarder dans un miroir. Quel caractère aurait-elle eu avec ce visage, avec cette taille, cette corpulence.

Prise dans ses pensées créatives, Pauline ne s'aperçoit pas, tout de suite, qu'un jeune adolescent s'est assis à côté d'elle. Il la sort de sa rêverie en engageant la conversation, sans la regarder. Il fixe la route devant lui et lui dit :

— Ne me regardez pas… Nous sommes peut-être suivis. Adil m'envoie… je vous attends depuis un long moment sur ce quai.

— Que me voulez-vous ? répond-elle le regard fuyant à droite, par la fenêtre.

— Il a pensé que si vous compreniez son message, vous vous rendriez directement chez lui… Or, son appartement est probablement surveillé. Tant que l'on ne sait pas que vous êtes partie de chez vous, vous avez une chance pour arriver à le voir. Il se trouve à cette adresse. Soyez prudente.

Le jeune homme profite de l'arrêt du tramway, rue Sainte Catherine, pour descendre et se fondre dans la masse des badauds venus faire leurs achats dans ce quartier commerçant.

Pauline regarde l'ensemble des occupants du wagon. Personne ne semble suspect. Elle déplie le morceau de papier sur lequel est inscrite une adresse.

*

Clotilde va ouvrir la porte d'entrée. Le Bouffi revient avec deux sacs remplis à ras bord de victuailles grasses. En découvrant le saucisson, le beurre, les pâtes, les escalopes de bœuf et de dinde, les yaourts chocolat-vanille, le rouge, le rosé et le camembert, Clotilde sait que le siège va être trop long. La première réflexion du Bouffi est pour Pauline.

— Où est votre amie ?

— Elle se douche…

— Mais, au fait, s'étonne le Maigrichon, cela fait bien une heure qu'elle s'y trouve dans la salle de bain.

— Elle décompresse probablement. Vous savez tout ce que nous avons vécu… Ce n'est pas si évident, minaude Clotilde.

Le Bouffi s'inquiète et frappe trois coups à la porte de la salle d'eau.

— Tout va bien Mademoiselle ? Mademoiselle... ? Je vais entrer...

Clotilde s'est dirigée sur la terrasse pour ne pas assister à la crise de nerf de deux agents français dupés par une jeune femme inconsciente car amoureuse. Ils ne tardent pas à exiger des explications.

— Écoutez Messieurs ? Je ne sais ni où elle se trouve, ni avec qui !

— Permettez-moi d'en douter...

Clotilde se terre dans un profond silence et s'isole dans la chambre. Elle a besoin de David.

Les agents se jettent tous deux sur leur téléphone portable. L'alerte va être donnée.

*

52 rue Vercingétorix, Apt.29, deuxième étage, Bord.

Pauline reconnaît parfaitement, l'écriture d'Adil. Elle ne sait plus comment elle doit considérer cet homme qui l'a totalement fait sienne. Comment faut-il se comporter ? Quel chemin ses sentiments doivent-ils emprunter ? Pourquoi être accourue, encore une fois ? Alors... Il suffisait qu'il la siffle pour qu'elle cède ? En plus, l'appartement, pour couronner le tout, se situe à l'autre bout de la ville !

Lorsqu'elle frappe à la porte de l'appartement 29, son cœur, à battre si fort, est sur le point de lui faire exploser les tempes. Ses mains, glacées par le stress, deviennent le point de départ de fulgurants tremblements qui se propagent tout le long du corps.

Elle entend un frottement provenant de l'intérieur. La porte s'ouvre et Adil l'arrache du perron pour la faire entrer au plus vite. Il la plaque contre le mur de l'entrée, lui tient les bras au-dessus de sa tête et l'embrasse de toutes ses forces. Puis, il glisse une main sous sa robe et lui arrache tout ce qui pourrait empêcher ses mains d'avoir un contact direct avec la peau nacrée de Pauline. Il la prend de force. Elle résiste au début pour, finalement, se donner totalement à son maître. Elle s'incline, à nouveau, devant cet homme qui l'a humiliée.

— Adil, je perds la tête… Je ne sais plus où j'en suis avec toi. Qui es-tu ? Que recherches-tu réellement ? Je t'en prie, réponds à mes questions. Il y a, je ne sais combien, de services de polices, d'au moins trois pays différents qui te recherchent…

— Je sais… Je suis désolé de t'avoir embarquée dans cette…

— Arrête d'être désolé ! Ça suffit maintenant. Je veux la vérité. Tu sais que je ne te trahirai pas… Explique-moi tout, avec tes mots à toi.

— Je vais te faire un café. Après, tu sauras tout.

Pauline suit des yeux la démarche légère et aérienne de son homme. Le bruit des cuillères dans les tasses, puis le clic de la Senseo, le café qui coule, tout devient rassurant, connu, reposant. Elle se détend tout en balayant le salon du regard, à la recherche d'indices potentiels. Rien de suspect ne vient confirmer l'implication d'Adil dans un sordide complot.

Comment un professeur de sociologie, aussi discret que lui, peut être mêlé d'aussi près à des accidents diplomatiques, à des meurtres, à des projets de vol de trésor ? Pourquoi a-t-il fallu que des Maharadjahs, dont elle se foutait complètement, il y a encore cinq jours, viennent lui pourrir son histoire d'amour, devenue histoire de morts.

— On est chez qui ici ? lance-t-elle, assez fort pour être entendue depuis la cuisine.

— Un collègue. En partant en vacances, il m'a laissé les clés pour que je vienne arroser ses plantes.

— Ah… ! C'est pour ça que tu ne pouvais pas venir avec moi au Maroc… Tu t'étais engagé à sauver des fleurs ! Alors là, je comprends mieux… Tu aurais dû m'expliquer, cela aurait évité quelques catastrophes ! Ironise-t-elle.

— Tout à fait ça. Je suis dans une merde totale. Je crois que le ficus est mort quand je suis parti pour Casa…

— Excuse-moi, mon chéri, mais je pense qu'il n'est pas le seul à être mort, malheureusement !

Adil met les deux tasses brûlantes sur la table basse et se cale confortablement sur le canapé, attrapant au passage un coussin qu'il pose sur son ventre. Il lève la tête au plafond et reste ainsi, quelques secondes, sans être interrompu par Pauline qui attend la fin de la méditation en buvant son café.

— Reprenons depuis le début, si tu veux bien.

— Je t'écoute.

— Comme tu le sais, je suis né à Casa, en 1970, d'un père hindou et d'une mère marocaine. Mon père était parfaitement heureux de vivre en Inde jusqu'à *la Partition*. Ce fut un déchirement pour lui lorsque les autorités du pays lui ont demandé de partir, du fait de sa religion musulmane, au Pakistan, nouvellement créé. Il ne put s'y résoudre et préféra fuir avec des cousins et des oncles, pour débuter une nouvelle vie, ailleurs. Le destin les a déposés au Maroc, à Tanger. Là, il travailla de longues années, commençant son instruction. Avant la tragédie de *la Partition*, mon père avait une amie, Humaila. Comme lui, elle avait quinze ans. Elle était la fille d'un couple travaillant au service de Gayatri Devi, troisième femme du Maharaja *Sawai Man Singh II*. Humaila avait des relations très privilégiées avec la Maharani. Celle-ci n'avait pas encore d'enfants et s'occupait seulement des fils que le Maharadjah avait eu lors de ses deux premiers mariages. Gayatri Devi créa en 1943 des écoles pour femmes dont pu bénéficier Humaila. Un jour, alors qu'elle était au palais du couple royal, Humaila discutait avec l'un des fils du Maharadjah. Elle lui demanda où se trouvait le fameux trésor ancestral accumulé au fils des siècles. Le fils lui répondit que normalement il ne devait rien dire puisque ce secret ne se transmettait que de père en fils dans la famille. Tout étranger ne pourrait jamais savoir. Humaila avait insisté, utilisant ses charmes probablement, et le fils du Maharadjah lui aurait donné le lieu. Quelques temps plus tard, alors qu'elle était en compagnie de mon père, elle avait un peu fanfaronné lui apprenant qu'elle détiendrait bientôt un merveilleux trésor. Elle deviendrait riche, partirait aux États-Unis, irait voir les Kennedy et serait célèbre dans le monde entier. Grâce à quelques questions détournées, mon père avait fini par connaître ce lieu magique. Deux jours après cette révélation, Humaila était assassinée, dans la rue. Jamais son meurtrier n'a été identifié. Cette révélation fut, durant de nombreuses années, oubliée par mon père qui avait pris cette information comme provenant d'une jeune naïve et rêveuse. Lorsqu'il s'installa à Casa, en tant que banquier, il rencontra ma mère. C'était une femme merveilleuse…

— Je sais… Tu m'en as déjà parlé…
— Elle avait vingt-quatre ans et lui trente-huit. Un

an après je naissais. Mes frères et sœurs ont suivi. Notre famille était épanouie, heureuse malgré l'autorité excessive de mon père. Lorsque j'eus dix-huit ans, en 1988, j'appris que Casa allait être jumelée à Bordeaux. J'étais, à l'époque très attiré par le voyage et je décidais de poursuivre mes études, là-bas. Avant de partir, ma mère était effondrée. Mon père, tenaillé par la peur qu'il lui arrive quelque chose de grave, me prit à part pour me demander de subvenir aux besoins de la famille s'il mourait. *« Mon fils, je t'ai souvent parlé de mon pays de naissance que je n'ai jamais ôté de mon cœur. Il faut que tu saches qu'un trésor nous y attend. Mais sache que le parcours pour l'atteindre est semé d'embûches car il appartient à de très puissants seigneurs. Je te donne les moyens de le localiser s'il m'arrive malheur. Ce pays me doit bien cela, puisqu'un jour j'ai été obligé de fuir ma Terre ».* Le jour de la mort de mon père, j'ai perdu la tête et un seul but m'obsédait : trouver le trésor pour rétablir l'honneur de mon père… pour lui qui avait subi à seize ans la pire humiliation de sa vie. J'ai rentré toutes les informations énoncées par mon père dans un microfilm et ainsi tenter de retrouver ce fameux trésor. Mais pour cela je ne pouvais pas être seul. La tâche était trop périlleuse. Alors, je me suis entouré de Laura, agent secret, avec qui j'eus une relation amoureuse il y a quelques années. Elle me mit en contact avec deux autres agents des services marocains. Nous projetions de passer les frontières jusqu'en Inde. C'est alors que je t'ai rencontré dans ce pub. Tu m'as parlé de ton voyage à travers le Maroc. C'était une aubaine car si toi tu passais ces informations personne ne s'en rendrait compte. C'est à Casa que je devais te retrouver pour reprendre le microfilm.

— Mais pourquoi ne pas aller directement en Inde ? Et pourquoi prendre le risque que je perde toutes ces précieuses indications.

— Je me suis dit *Mektoum*. C'est le destin… Si tu perdais cet hippocampe, ce serait alors une bonne raison pour laisser tomber ce projet fou qui me hantait. J'ai pris un risque, c'est vrai… Les deux agents marocains que tu as rencontrés le soir où tu m'as trompé…

— Je ne t'ai jamais trompé !

— Ce doute persistera toujours... Ce soir-là, donc, j'ai demandé à Laura et à ces deux agents de venir pour, l'air de rien, te regarder suffisamment et ainsi te reconnaître. Ils allaient te suivre tout au long de ton périple, pour te protéger. Le microfilm devait passer au Maroc, dans un premier temps, car le lieu exact était en plusieurs parties. Par souci de sécurité, j'ai partagé les informations : une partie en France avec moi, une autre à Casa, dans un lieu connu seulement par moi. Je ne fais confiance en personne et malgré les liens qui m'unissaient à Laura, il fallait prendre des précautions.

— Qui te dit qu'une fois les informations regroupées, elle n'allait pas t'entourlouper ? Le voyage jusqu'en Inde est loin.

— Une troisième partie est avec mon frère Brahim, en Inde. Il y est parti en éclaireur, il y a deux mois.

— Et tu pensais sérieusement partager le pactole, ni vu ni connu, entre cinq personnes.

— Je sais que tout ceci est dingue... A plusieurs reprises, j'ai réalisé la folie de ma recherche mais j'étais trop embarqué. Je fais tout ceci à la mémoire de mon père.

— Tu te rends compte à quel point tu nous as mises en danger, Clotilde et moi ?

— Bien sûr ! Lorsque je t'ai entendue parler de ton projet de voyage, j'ai pensé que tu serais la passeuse idéale. J'ai lancé un hameçon, tu as accroché.

— Tu veux dire que tu as débuté une relation sans attirance ?

— Je te rappelle que c'est toi qui m'as abordé...

— Je ne plaisante plus. Toute notre histoire... alors... ce n'était que du vent ?

— Au début... oui. Et puis, au fil des jours lorsque j'ai appris à te connaître, je me suis attaché à ton sourire, à ta peau, à tes bras autour de moi. J'ai aimé, plus que tout, faire l'amour avec toi. Je t'ai dit que tu étais ma Terre. C'était vrai. Lorsque j'ai compris que, peu à peu, tu m'arrachais le cœur, j'ai tenté de mettre de la distance entre toi et moi. Je savais qu'un jour, quand tu saurais tout, tu m'abandonnerais. J'ai préféré me dégager de toi. Je sentais que ma douleur allait être grande, dès l'instant où je ne t'aurai plus. Laura me donnait de tes nouvelles chaque jour et chaque jour, je ne pensais qu'à ta bouche ou à ton corps contre le mien. Regarde cet hippocampe turquoise. Il me vient de ma mère. Mon père le lui a offert en se mariant. Ce pendentif provenait d'Inde. C'est le seul vestige du temps passé, de son pays natal. Aujourd'hui, j'ai regroupé les deux plans. Je pars demain pour l'Inde où mon frère m'attend avec la troisième partie.

— Comment et quand as-tu récupéré ce collier ? Je l'ai perdu à Rabat lors de l'agression.

— Les hommes qui vous ont kidnappées sont hindous. Ils ont appris que je détenais les plans du lieu du trésor. Cela doit faire un an que j'étais surveillé, ici à Bordeaux. Lorsque tu es partie, ils t'ont suivie, persuadés que tu étais ma complice. J'ai récupéré l'hippocampe dans la poche d'un des trois hommes, à Rabat. Après vous avoir enfermées dans la maison de la *Kasbah des Oudaïas,* ils ont été repérés par Laura Stensor. Nous avons pu récupérer le pendentif avant qu'ils nous échappent de nouveau. Ils nous ont retrouvés... et tu connais la suite, la fusillade, les morts...

— Ils savaient que tu avais les plans ? Comment est-ce possible ?

— Nous étions cinq à savoir. Quelqu'un a trahi. Qui ? Je ne sais pas or, désormais, il ne reste plus que mon frère, Laura et moi-même. Les deux agents marocains ont été tués, à Casa, durant l'attaque. Ces fanatiques hindous défendent, corps et âme, l'idée même de l'existence d'un hypothétique trésor.

— C'est toi qui as appelé la police marocaine pour leur indiquer notre présence dans le sous-sol de la maison ?

— Oui.

Machinalement, Pauline reprend le collier dans ses mains et passe la chaîne entre ses doigts.

— Les deux plans sont réunis ?

— Oui, la tête de l'animal a du mal à se fermer.

— Êtes-vous ensemble toi et Laura ?

— Non. Elle m'a aidé à monter l'opération. Il n'y a plus de sentiments entre nous depuis bien longtemps.

— Est-ce qu'elle aurait pu te trahir ?

— C'est une possibilité.

— Et tu prends encore le risque d'être dénoncé ?

— Je ne peux plus reculer.

— Où se trouve-t-elle en ce moment ?

— Elle est…

Adil ne peut achever sa phrase. Un bruit assourdissant contre la porte d'entrée vient de retentir.

— Cache - toi ! C'est la police... Vite, va dans la salle de bains... ! Cache - toi dans la panière à linge !

Pauline s'exécute et, en une fraction de seconde, la porte cède au moment où elle abaisse le couvercle de la panière sur elle.

— Pas un geste, ne bougez plus, hurle une voix d'homme.

Un vacarme assourdissant provenant du salon agresse Pauline. De ne pas assister à la scène amplifie sa terreur. Elle se rend compte qu'Adil est livré en pâture à de nombreux hommes armés. C'est après la première détonation qu'elle hurle. A la deuxième, elle est déjà en train de s'extirper de la panière. Lorsqu'elle rejoint le salon, les mains en l'air, des hommes cagoulés, armés jusqu'aux dents, la fixent sans bouger. Elle avance lentement cherchant à retrouver Adil dans le désordre.

— Je ne suis pas armée... Oh ! Mon dieu ! Qu'avez-vous fait ? Où est Adil ?

Elle erre dans la pièce parmi les hommes du GIPN. Celui qui semble être le patron s'approche d'elle.

— Ne bougez plus Mademoiselle... Asseyez-vous. Nous allons vous expliquer.

— Tout le monde veut m'expliquer quelque chose depuis des jours et des jours. Je suis fatiguée. Je veux sortir de ce cauchemar...

— Je sais... Calmez-vous... Nous savons que vous

n'êtes coupable de rien. Vous avez rencontré la mauvaise personne au mauvais moment.

— Où est Adil… Je ne le vois pas !

— Ici, lui répond un homme derrière elle.

Elle ne veut pas se retourner immédiatement. Elle a trop peur de découvrir ce qu'elle ne peut même pas imaginer. Elle sent pourtant une agitation reprendre. Un homme est en train d'appeler les secours. Subitement, elle affronte. Adil est couché par terre. Du sang au niveau de son ventre et de sa jambe apparaissent. Elle se précipite sur lui.

— Adil… ! Non… ! Regarde-moi… C'est moi, Pauline. Je t'aime. Ne meure pas, je t'en supplie. On va être heureux tous les deux. Cette histoire va se régler. Tu vas tout leur expliquer. Et même s'ils te condamnent, je t'attendrai…

Un homme du GIPN vient près d'elle et lui demande de se lever. Pauline hurle de douleur. Elle s'agenouille aux côtés d'Adil, lui prend la main, puis l'étreint.

Il meurt dans ses bras.

Les hommes du GIPN, droits et immobiles, avec leurs armes abaissées, peuvent entendre le cœur de Pauline exploser en mille morceaux.

*

Ce matin, au courrier, une grande enveloppe,

provenant de Guyane, réchauffe Pauline. En ce mois de décembre, le ciel bordelais est bien bas, et le thermomètre indiquait, il y a une heure encore, -2°.

Tel un automate, la jeune femme regagne son appartement. Par réflexe, remet *Ederlezi,* la seule chanson qui peut totalement comprendre sa souffrance. Après trois écoutes successives, Pauline se décide enfin à décacheter la lettre de son amie.

Clotilde lui dit combien elle partage sa douleur ; qu'elle pense, chaque seconde, à elle ; qu'elle va tenter de vivre à Madrid dans sept mois ; qu'elle va faire une demande de mutation pour rejoindre celui qu'elle va épouser, cet été ; qu'elles vont être désormais de la même famille ; qu'elle viendra la voir, pour la soutenir, dès qu'elle le pourra ; qu'elle l'aime très fort et lui assure qu'elle n'est pas seule dans cette épreuve ; que les jours vont être bien meilleurs ; que la vie continue et qu'elle doit garder la foi en l'amour…

Pauline, pour la millionième fois, s'effondre en larme. La foi, elle ne l'a plus. Pourtant, elle sent que c'est une question de temps. Elle a mal, mais elle sait que dans quelques mois, la souffrance disparaîtra… un peu. Il faut patienter, se distraire, ne plus s'en vouloir, ne plus ressasser. Elle doit continuer à se lever le matin en désirant affronter son quotidien. Il est primordial de se faire belle, de communiquer avec toutes les personnes qui croisent sa route, sortir, s'enivrer, travailler, s'alimenter un peu mieux. Devenir guerrière dans ce moment de survie. Pauline sait tout cela mais pour l'instant, rien ne passe. Elle revoie les images d'Adil, ensanglanté dans ses bras ou de l'enterrement à Casa ou encore, du jour de leur rupture, à Bordeaux… et elle pleure, de nouveau. Alors, très vite, elle s'oblige à visualiser ces autres images. Celles de leurs moments de grâce, de leurs baisers, de leur première rencontre, de leur premier restaurant, de leur petit-déjeuner pris sur le pouce après une nuit d'amour intense… Peine perdue. C'est souvent, à ce moment-là, que ses larmes se multiplient. Malgré tout, Pauline se rend compte qu'hier était, tout de même, plus douloureux qu'aujourd'hui. Elle vit avec l'espoir que demain soit plus tendre.

Le téléphone sonne. Elle ne veut pas répondre. Il insiste car il veut être décroché. Pauline ne cède pas. Elle s'enfonce encore plus profondément sous sa couette. Aujourd'hui, c'est samedi et lorsqu'elle ne travaille pas l'énergie est moindre. Le téléphone n'a pas dit son dernier mot et devient lourd. Il s'obstine à faire ce pourquoi il a été créé : il sonne.

Pauline, contre toute attente, se décide à se lever. Elle est bien décidée à lui faire fermer son clapet. En arrivant, dans le salon, elle voit son collier posé sur la commode rouge. Elle décroche.

— Pauline ?

— Oui, c'est pourquoi ?

— Êtes-vous seule ?

— Qui êtes-vous ?

— Brahim Al Ouia, le frère d'Adil.

— Oh, mon dieu ! Il m'a parlé de vous avant de dormir… euh… pardonnez-moi, avant de mourir. Je ne me fais pas à sa disparition, il me manque nuit et jour. Je suis perdue sans lui.

— Mon frère m'a parlé de vous aussi. Je sais qu'il tenait très fortement à votre amour. Dans d'autres circonstances, vous auriez pu vivre une merveilleuse histoire ensemble. Pourtant, la vie en a décidé autrement.

— Je sais… comment avez-vous eu mon numéro ?

— J'ai cherché tout simplement avec les indications que j'avais en main. Je vous appelle car il faut que je vous parle sérieusement.

— Ah ! J'ai compris… l'hippocampe… Mais, où êtes-vous ?

— En Inde.

— Vous y êtes encore ?

— J'y suis obligé… Je vous expliquerai. Je n'ai même pas pu assister aux funérailles d'Adil.

— Qu'y a-t-il ? Vous souhaitez récupérer le pendentif, c'est bien cela ?

— Pardonnez-moi… Je veux plus. Rejoignez-moi à

Jaipur.

Pauline, abasourdie, croit rêver. Elle prend quelques secondes pour remettre un semblant d'ordre dans son esprit.

— Laissez-moi quelques jours… Je viens vers vous en Inde, et nous allons le trouver ce trésor…

Deuxième Partie

Le Makara nage en eaux troubles

Qu'il fut difficile pour Pauline d'obtenir trois semaines de congé. Après de nombreuses discussions, sa direction avait fini par céder.

Elle avancerait ses vacances pour ce mois de janvier et ne pourrait rien prendre cet été. C'est avec la courbette bien appropriée qu'elle avait accepté le deal. Le boss avait souri, amusé par l'audace de la jeune femme et les manières enfantines qu'elle utilisait pour manifester son contentement.

Il fallait désormais s'occuper des billets d'avion, aller et retour, pour le Rajasthan, une des plus belles provinces d'Inde. Le plus dur restait à faire car, face à la phobie de l'avion, rien ne pouvait apaiser la terreur mortuaire ressentie par Pauline et ce, dès qu'elle pénétrait dans un aéroport.

Sur Internet, elle avait trouvé une offre de vol avec hôtel, pour moins de huit cents euros. Ce n'est que billets en poche qu'elle comprit qu'elle serait livrée à la merci des nuages durant plus de dix heures.

En attendant le départ, Pauline s'était longuement entretenue, par téléphone, avec son cousin David au sujet de Clotilde, d'une part, mais aussi au sujet de l'Inde. Il y avait passé un an, bourlinguant de droite à gauche. De nombreuses rencontres l'avaient mené auprès des plus grands maîtres yogis qui, chacun à leurs manières, lui avaient inculqué différentes formes d'engagement spirituel. Il sut s'approprier, grâce à eux, ces techniques qu'il enseignait aujourd'hui, de-ci de-là, dans la capitale madrilène lorsqu'il s'y trouvait. Dès que Pauline l'avait informé de son projet fou, il n'avait pu s'empêcher de la mettre en garde.

— Jaipur... Connais pas ! En Inde, je n'ai visité que le triangle *NDCB*. Cependant, il faut vraiment que tu sois sur tes gardes car une jeune Française, débarquant seule dans ce pays, peut facilement devenir une proie inévitable. Tu ne me rassures pas trop, tu sais !

— Je ne serai pas seule longtemps, et puis j'ai des ressources insoupçonnées ! demande à Clotilde ! Elle te le dira elle... Au fait... juste une question... qu'est-ce que le *triangle NDCB* ? lui avait-elle répondu, se forçant à garder une voix enjouée.

— New Delhi, Calcutta et Bombay !

— Comment veux-tu que je sache ça ? T'es vraiment incroyable ! Bon, parlons peu, parlons bien, c'est toujours l'entente de rêve avec Clotilde ?

— Je ne pouvais espérer mieux. Elle est épatante. Je suis fou amoureux ! Elle attend les formulaires de mutation pour Madrid. Normalement, si tout va bien, on vivra ensemble dès cet été.

— C'est merveilleux ! Je viendrai vous voir aussitôt que vous vous serez installés. Je n'en reviens pas de la vitesse avec laquelle vous vous êtes lancés dans l'aventure tous les deux !

Clotilde, depuis Cayenne, l'avait encouragée à partir retrouver Brahim. Elle lui avait assuré que c'était réellement la meilleure chose à faire pour se relancer en peu.

Depuis la mort d'Adil, Clotilde ne reconnaissait plus son amie. La fleur semblait se faner, la voix se perdait, l'énergie ne retrouvait plus sa route. Bien sûr, de connaître Brahim, pourrait ramener Pauline quelques mois en arrière, et lui faire revivre probablement de sombres heures. Mais pourquoi ne pas tenter cette nouvelle expédition ? Elle pourrait continuer l'œuvre d'Adil.

Au fond d'elle, Clotilde ne croyait pas du tout à l'existence de ce trésor mais elle avait la conviction que son amie devait, rapidement, avoir l'esprit occupé par une telle démarche, aussi vaine soit-elle.

— Vas-y ma belle ! Tu me raconteras tout à ton retour. Je voudrais tellement que tu retrouves ton si beau sourire...

— Tu as sans doute raison, je vais le faire ce voyage. Mais dites-moi, très chère, comment se portent vos amours ? Je sais que du côté espagnol, ça plane ! Mais, côté Guyane, c'est toujours en vol ?

— C'est magnifique. Je suis si comblée. J'aime David de plus en plus. J'ai rompu définitivement avec Borislav. Il m'en a voulu terriblement, même si, aujourd'hui, les choses commencent à se tasser. Il a accepté la séparation et pense revenir vivre près de ses enfants. Pour ma part, je continue à souhaiter m'installer à Madrid.

— Si on m'avait dit ça, il y a un an !

— Pauline, écoute-moi, car je vais devoir raccrocher... Sois prudente tout de même durant ton voyage... On ne sait pas où en sont les autorités, ce qu'est devenue Laura Stensor et l'endroit où se trouve ton hippocampe ? Des hommes sont morts pour retrouver le microfilm d'Adil.

— Ne t'en fais pas... je veux éviter d'en dire trop au téléphone mais je pense avoir une petite idée en ce qui concerne le pendentif ! Je serai prudente et puis, je pense que tout le monde s'est détourné de la recherche de ce trésor. Ils pensent sans doute que le pendentif est perdu.

— Tu me fais un peu peur... J'espère que tu n'es pas dans une nouvelle galère. Tu penses sûrement être sur écoute alors je ne te fais pas parler davantage mais... donne-moi de tes nouvelles dès que tu arriveras à destination. Je t'embrasse fort.

— A très bientôt, je t'embrasse aussi ma chérie.

En posant le combiné, Pauline avait attrapé sur sa commode du salon le collier avec l'hippocampe et l'avait déposé dans la petite bourse donnée par la petite vieille de Meknès.

A l'autre bout de la France, au même moment, une oreillette fut déposée sur un bureau d'une salle d'écoute téléphonique.

L'agent Stensor s'était empressée de composer le numéro des réservations pour les vols à destination du Rajasthan. Elle avait très peu de temps pour préparer son voyage vers Jaipur, la Terre sacrée des Maharadjahs.

*

Le vertige dans la tête, les mains glissantes de moiteur, retenue par une valise à roulettes, c'est une Pauline décomposée qui pénètre dans le hall de l'aéroport de Mérignac.

Aujourd'hui, le vent souffle et pour elle, il est évident que l'avion se retournera sur lui-même, en plein vol. Clotilde aurait su la rassurer en dédramatisant la situation. Pourtant, elle est seule au milieu de tous ces inconscients, sourire aux lèvres à la perspective de se retrouver dans une boîte en conserve.

Le panneau d'affichage indique la direction vers laquelle les *futurs blessés*, dans le meilleur des cas, doivent se diriger pour l'enregistrement des bagages. Pauline se retrouve face à l'hôtesse de terre, celle qui ne s'envole pas et qui récupère le billet. Sans ce billet,

Pauline a encore la possibilité de ne pas prendre cette foutue carcasse ailée. C'est comme si on lui disait : *n'y vas pas, reste sur la terre ferme !* Mais non, Pauline risque le tout pour le tout... Elle le reprend bel et bien ce satané billet !

La voilà désormais dans le long couloir des condamnés à mort. Celui où l'on ne voit pas le bout puisqu'il n'est jamais droit. Le couloir est vicieux, il se joue des phobiques aériennes ! Le passage entre le couloir et l'entrée de l'avion est un déchirement. Pauline sait qu'elle peut encore faire un pivot rotatif sur elle-même et courir dans le sens inverse. Le record de Bolt pourrait être battu. Les moteurs activés font un bruit assourdissant participant à la montée de l'angoisse. Elle pense, dans un laps de temps infiniment court, qu'aujourd'hui les moteurs n'ont pas suffisamment été vérifiés, qu'un terroriste a choisi *Son* avion à elle, pour *Sa* revendication à lui ou bien que le commandant de bord a passé la nuit ivre mort dans un pub de la ville et qu'à son retour chez lui, sa femme ne l'a pas assez contenté...

Elle se déplace, tel un robot programmé, jusqu'au siège 076, près du hublot ; s'attache immédiatement ; prend des magazines sans intérêts, les feuillette nerveusement sans les lire, et kidnappe, dès son premier passage près d'elle, l'hôtesse de l'air à qui elle s'empresse de dire :

— Bonjour, excusez-moi... J'ai extrêmement peur en avion... Si vous aviez un petit quelque chose pour éviter qu'il ne s'écrase dans les prochaines heures ! Merci, infiniment.

— Ne vous inquiétez pas. Tout va bien se passer, croyez-vous que je serais à bord s'il y avait le moindre risque ? lui répondit-elle le sourire, bien exercé, collé sur ses lèvres.

Mais qu'est-ce qu'elle me raconte celle-là ? Qu'est-ce qu'elle en sait de ce qui va se produire une fois l'avion livré aux quatre vents ? Comment peut-elle être aussi sûre que cet amas de ferraille mènera tous ces passagers, sains et saufs, jusqu'à leur destination ? Pauline observe le steward verrouiller la porte. Plus aucun moyen de reculer. Elle tremble de peur.

Débute alors le spectacle offert par l'équipage qui danse les consignes de sécurité. Le gilet de sauvetage en Guest Star, les issues de secours pour le décor et les masques à oxygène qui s'invitent à la fête ! Pauline suit religieusement la leçon.

Le commandant s'adresse aux voyageurs tandis qu'avec un peu d'attention, on peut sentir un léger mouvement de la conserve volante. La carlingue recule et commence son petit bout de chemin sur la piste.

Et puis tout s'accélère. Pauline regarde soit ses pieds, soit la tablette en face d'elle, d'un hochement de tête rapide et régulier. Tétanisée par l'effroi, elle ne peut regarder vers l'extérieur par crainte de réaliser davantage la situation dans laquelle elle se trouve. Les mouvements gauche-droite sont bannis. Elle sent le paysage défiler. L'Airbus prend de plus en plus de vitesse. Subitement, elle n'a plus peur car maintenant elle est terrorisée ! Elle se promet de ne plus jamais remonter dans un avion. Le décollage est un supplice et tant que le *coucou* ne sera pas stabilisé, les accoudoirs seront torturés. Elle ne peut se résoudre à penser qu'un parcours aérien ne se déroule sans pépin, aussi bref soit-il !

Pauline n'avait pas cru bon se soucier des perturbations. Elle les avait, tout bonnement, absolues, annihilées, épongées de son esprit. Durant les dix heures de vol, des tremblements d'air secouèrent *Air India* à quatre reprises. Pauline se dit que le billet de retour serait déchiré. Elle s'installerait à Jaipur définitivement ou rentrerait en train, en bateau, à pied s'il le fallait !

L'apaisement n'arrivera que lorsqu'une voix indiquera le début de l'atterrissage. A peine les roues effleureront-elles le sol indien que la tension accumulée se videra instantanément, laissant Pauline sans jambes, ni bras valides. Après quelques minutes de récupération, elle réussit à se lever pour gagner la sortie.

Elle se sent si soulagée qu'elle en embrassa, avant de

descendre les hôtesses et stewards interloqués.

*

C'est au moment où elle hèle un taxi, devant l'aéroport, qu'à des milliers de kilomètres de là, une jeune femme, déterminée à récupérer son bien, détache sa ceinture de sécurité. L'avion, qui la mène à Jaipur, s'étant stabilisé.

*

Cela fait une semaine que Brahim lui a fait parvenir l'adresse, le jour et l'heure auxquels ils doivent se retrouver dans la capitale du Rajasthan. Un matin, en allant récupérer son courrier, elle avait trouvé, sur papier libre :

Haute aile Pas lasse, J'ai pour La Perle une préférence.
le 24 du premier mois, rends-toi.
seize tours d'horloge.
B.

N'y comprenant rien dans un premier temps, Pauline avait failli jeter cet étrange mot. L'intuition, qui la mena à le conserver, s'était révélée payante. En relisant plusieurs fois, et à haute voix, ces phrases codées sans queue ni tête, elle avait fini par remarquer la présence de majuscules à des endroits non autorisés par la loi orthographique française. *Pas, J'ai, La Perle*. Elle tenta les jeux de mots et en un éclair, elle comprit.

Hôtel Palace, Jaipur, La perle, une préférence.
le 24 janvier.
à seize heures.
Brahim.

Aussitôt, elle avait recherché sur Internet, le nom des hôtels de Jaipur et, contre toute attente, l'hôtel *Pearl Palace* existait bel et bien.

Pauline y avait réservé une chambre pour dix jours, sans trop savoir ce qu'elle allait bien faire au Rajasthan. Elle avait pris une feuille dans son bureau et avait noté quelques lignes, avant d'y inscrire le nom de la ville et de l'hôtel. Elle avait préparé une enveloppe, y avait glissé la lettre et l'avait postée avant son départ.

Elle sent une douce excitation monter en elle. Est-ce le fait de rencontrer le frère d'Adil ou bien celui d'entretenir cette folie de croire que le trésor des Maharadjahs pouvait être découvert ?

Il est 15h30, lorsqu'elle pénètre dans le hall de *Pearl Palace*. Elle monte déposer ses bagages, prend une douche à l'eau froide et descend au bar de la salle de réception.

Les directeurs de ce lieu viennent la saluer. M. et Mme Singh sont mariés et semblent très attachés à l'hospitalité. C'est avec un sourire franc qu'ils la questionnent sur le pays d'où elle arrive et tentent ensuite de connaître le motif de sa venue à Jaipur.

Sur ce sujet, Pauline reste évasive, prétextant une forte dépression subie depuis des mois. Elle leur explique qu'il lui fallait changer d'air.

Le hasard avait choisi pour elle. Un jour, elle aurait ouvert un atlas, aurait posé un doigt sur la page colorée. L'Inde serait sortie grande gagnante pour les qualifs. Et, c'est en consultant les prochains vols, au départ de Bordeaux, que Jaipur aurait été sélectionnée pour la finale. Le couple hôtelier semble la croire. Ils lui offrent une orangeade puis, délicatement, disposent d'elle en lui assurant qu'ils seront là en cas de besoin. Pauline les remercie chaleureusement.

Pauline se libère, peu à peu, du stress accumulé et peut profiter de l'atmosphère de l'hôtel. Chaque pièce de vie est décorée avec des couleurs vives. Le rouge sang règne en maître.

En passant devant un miroir, elle voit son reflet. Elle y découvre une jeune femme séductrice et rayonnante. L'énigmatique Brahim l'a sortie de la torpeur dans laquelle elle s'est enfermée depuis cinq mois.

*

— Tu sais David, je me fais du souci pour Pauline.

— Je sais ma princesse, moi-aussi. Après s'être terrée, voilà qu'elle replonge dans une nouvelle excentricité. Elle a le don pour s'embarquer dans des histoires rocambolesques ! Elle ne connaît rien de ce continent. Elle est partie seule et on ne possède aucune information sur ce Brahim...

— Pour avoir fait ce voyage au Maroc avec elle, je suis convaincue qu'elle peut s'adapter à de nombreuses situations, mais tout de même... sur qui va-t-elle tomber ? Je suis effrayée à l'idée qu'il puisse lui arriver quoi que ce soit. En plus, je l'ai vivement encouragée à partir.

— Il faut que l'un de nous deux y aille pour la rejoindre. Je ne peux savoir ma cousine aux mains de fanatiques indiens ou bien, de services secrets peu préoccupés par ce qu'il pourrait lui arriver.

— J'ai quelques vacances dans deux semaines.

— Et moi, j'ai quelques soucis avec mon banquier ! Bon, je vais repenser à tout ça et je te rappelle très vite. On va peut-être se revoir plus tôt que prévu, ma belle !

*

L'horloge du hall indique seize heures et dix minutes lorsque Pauline se rend à la réception de l'hôtel. Le standardiste, un petit moustachu avec une chemise crème, lui confirme que personne ne l'a réclamée. Elle se dirige aussitôt vers le bar de l'hôtel et choisit une petite table vermeille pour se poser. Elle tourne vers la fenêtre le siège en bois sculpté et se met en mode détection.

Un groupe de touristes anglais parle très fort en riant à gorge déployée sur sa gauche, alors qu'un homme seul lui tourne le dos au comptoir. Il a un turban bleu sur la tête et semble perdu dans ses pensées en sirotant un verre de citronnade. Des tableaux, de toutes tailles, décorent les murs. On peut y voir des personnages en costumes traditionnels ou bien des allégories diverses. Le plus grand cadre est une peinture représentant deux danseuses autour d'un être mi-éléphant, mi-homme.

Et, comme très souvent, son portable n'ayant plus du tout de batterie, elle l'a laissé dans sa chambre le temps qu'il se regonfle d'énergie. Elle pense que Brahim n'a que le numéro de l'hôtel pour la joindre.

Vingt minutes plus tard, personne n'étant venu l'aborder, la peur grandit en elle. Elle réalise soudainement qu'elle se trouve dans une salle perdue au fin fond de l'Asie, isolée et loin de tout, sans savoir qui elle doit rencontrer.

Bordeaux a été quittée sur un coup de tête. En moins d'une semaine, ce départ s'est totalement organisé, juste après un simple coup de fil, d'un parfait inconnu !

Gagnée par le stress, Pauline décide de prendre l'air

pour se familiariser avec la ville. Seule l'action pétrit la peur.

En sortant, un homme en costume gris la bouscule sans s'en excuser. Elle préfère ne pas créer d'incidents diplomatiques mais se retourne pour observer le goujat. Elle remarque un porte-clés à un mètre d'elle. Pensant qu'il appartient à cet homme, elle le ramasse et veut le lui rendre lorsqu'en levant la tête, le malotru a disparu. Pauline se précipite vers le standardiste pour le questionner au sujet du costume gris peu sympathique qui vient de rentrer dans l'hôtel.

— Je n'ai vu personne, désolé Mademoiselle ! lui répond-il en anglais

— Mais il vient de passer devant vous, il y a un instant ! Il est impossible que vous ne l'ayez pas vu !

— Je ne comprends pas, désolé Mademoiselle.

Pauline préfère lâcher le morceau et tourne les talons, vers la sortie, le porte-clés en main.

La rue est calme. C'est un quartier plutôt résidentiel qui s'offre à elle. Après un kilomètre de marche, à l'aveugle, elle se retrouve dans le centre-ville de Jaipur.

L'artère, dans laquelle elle débarque, contraste avec celle qu'elle vient de quitter. Ici, le mouvement incessant des véhicules lui noue l'estomac. Des dizaines d'hommes à vélo passent devant elle, les motos pétaradent sans répit. Tous ses sens se mettent instantanément en éveil. Des klaxons exécutent leur cacophonie, des vêtements, plus colorés les uns que les autres, défilent sous ses yeux, de fortes odeurs d'épices lui chatouillent irrésistiblement les narines.

Elle ressent la faim et s'arrête face à un vendeur ambulant. Il a disposé ses gâteaux en plusieurs petites montagnes. Des montagnes de sucres, de beurre et de d'huile ! Le vendeur n'a plus trop de dents, à l'intérieur d'une bouche extrêmement souriante. La consommation de ses pâtisseries ayant, probablement, eu raison de ses *chicos* ! Pauline opte pour un fruit familier : la pastèque.

Lui reviennent instantanément à l'esprit des images de sa grand-mère espagnole, Lucia, pour qui aucun repas d'été ne pouvait se terminer sans melon. Une fois les pépins dégagés au couteau, Pauline croquait toujours dans la chair rouge sans se soucier du jus dégoulinant sur ses bras et vêtements depuis le jour où Lucia avait dédramatisé totalement l'instant.

— C'est de l'eau ! Ce n'est pas si grave !

Tout en dégustant sa tranche, Pauline remarque le ballet délicat de femmes en sari multicolores. Ces femmes-là ne marchent pas, elles volent à un centimètre du sol. L'élégance aérienne de leurs déplacements fascine Pauline. Certaines ont les cheveux noir corbeau, et d'autres laissent apparaître des cheveux argentés qui leur donnent un air serein, acquis probablement dans les épreuves. Toutes paraissent humblement majestueuses. La plupart d'entre elles portent le bindi rouge sur le front. Certaines ont même rougi la raie de leurs cheveux. D'autres en revanche, attirent son attention. Ce sont des femmes en habit de souillon, poussiéreuses, assises, à même le sol, le regard désabusé. La saveur de la vie semble ne les avoir jamais habitées. Le contraste est saisissant !

Pauline se rend compte que jamais auparavant elle n'a vu une concentration d'autant d'enfants dans une rue. Ils n'ont rien de commun avec les petits français, à l'enfance bien sauvegardée et aux caprices insouciants. Ceux d'ici, dans leur corps d'enfant, sont déjà hommes, et celles-là semblent déjà résignées à enfiler leur habit de noce !

Après avoir, au loin, aperçu deux énormes éléphants transportant des touristes *casquettés*, et ne préférant pas trop s'attarder, elle retourne, l'âme chamboulée, à l'hôtel afin d'y retrouver Brahim. Elle songe qu'il doit probablement ressembler à Adil : elle ne peut pas ne pas le reconnaître.

Arrivée devant le *Pearl Palace*, Pauline jette des regards dans toutes les directions. Aucun être ne semble avoir un air de famille avec son Adil.

Elle pénètre dans le hall de l'hôtel, et réitère sa

demande, auprès du même standardiste. Cette fois-ci, il lui désigne un individu assis, derrière elle. Pauline remercie l'Indien et se dirige vers le fauteuil occupé par un homme plutôt laid et tassé. Une barbe de quelques jours lui mange le bas du visage. De petits yeux noirs et ternes n'inspirent, chez Pauline, aucun plaisir à la contemplation.

— Bonjour... Je suis Pauline... C'est bien vous que j'attends ?

— Bonjour, lui répond l'homme, en se levant aussitôt. Oui, je suis Brahim... Enchanté de faire votre connaissance. Veuillez-vous asseoir près de moi.

— Excusez-moi, mais vous ne ressemblez absolument pas à Adil... Ce fut une véritable expédition de venir jusqu'à vous. Je me sens tout intimidée de rencontrer le frère de la personne que j'ai le plus aimé. Je crois que je ne m'en remets pas encore. Cela a dû être très difficile pour vous aussi.

— Oui, bien sûr, cela fait bien douze mois que je me trouve à Jaipur. Le temps me semble de plus en plus long !

— Je voulais parler de la mort d'Adil...

— Bien entendu ! se reprend Brahim. J'ai vécu la tragédie de loin et c'est très dur pour moi aussi d'avoir perdu un petit frère.

— Votre frère aîné, vous voulez dire ?

— C'est bien cela.

Pauline dévisage, un instant, cet homme en face d'elle. Elle a soudain la forte impression qu'il se joue d'elle. Elle cherche alors dans ses yeux un peu de l'âme d'Adil. Rien n'y fait : ce regard noir reste terne et vide. Pauline n'y décèle pas les longues avenues de Casa, la magie du bord de mer, les yeux rieurs des casablancais.

Le néant.

Le froid et le boniment.

De plus, si elle se rappelle bien ce que lui a dit Adil, avant de mourir, cela ne fait que sept ou huit mois que Brahim est censé faire l'éclaireur à Jaipur ?

— Qui êtes-vous monsieur ?

— Voyons, je suis Brahim… On pourrait, d'ailleurs, se tutoyer… Cela serait plus sympathique, non ?

— Je n'ai pas encore assez confiance. Où en êtes-vous concernant le pourquoi de ma venue ici ?

— Je souhaiterais récupérer l'hippocampe bleu qu'Adil vous a laissé, juste avant de mourir. Le jour où les forces de l'ordre l'ont abattu, il m'avait expliqué, le matin même, qu'il allait vous donner les deux plans réunis. Il pressentait qu'il pouvait lui arriver malheur. Il n'avait confiance qu'en vous. La suite des événements lui a donné raison. J'avais le choix : ou je venais récupérer le pendentif en France, ou vous veniez me l'amener à Jaipur. Vous êtes là… Alors donnez-le-moi car le temps presse. Je suis surveillé ici par les services secrets indiens et vous, vous avez probablement été suivie. Ce n'est qu'une question d'heures ou de minutes avant qu'ils ne vous retrouvent.

— Vous n'êtes pas Brahim ! Je refuse de vous donner l'hippocampe. Plutôt mourir.

Pauline se lève d'un bond et est immédiatement rattrapée par Brahim. Il la tient par le poignet qu'il serre de toutes ses forces.

— On ne rigole plus, demoiselle. On n'est pas là pour visiter. La plaisanterie a assez duré… Donnez-moi ce collier et retournez en France. Oubliez toute cette histoire, une bonne fois pour toute.

La patronne, Madame Singh, observant de loin le petit manège, se rapproche, inquiète pour Pauline.

— Tout va bien, Mademoiselle ?

Pauline profite de cette intrusion dans la conversation pour attraper le verre de Brahim et lui lancer le contenu au visage. Elle se précipite vers les escaliers menant aux étages de l'hôtel. De tout son corps, Madame Singh peut faire barrage, le temps que les deux réceptionnistes viennent la seconder. A eux trois, ils empêchent Brahim de faire un pas de plus. Ils réussissent à le faire sortir de l'hôtel, et l'immobilisent dehors.

Pauline ouvre la porte de sa chambre, prend un sac en bandoulière, y place ses papiers, la poudre de la vieille avec l'hippocampe à l'intérieur, sa trousse de toilette et quelques habits de la valise. Elle est bien décidée à quitter Jaipur au plus vite. Tant pis pour le reste des bagages !

Madame Singh appelle un taxi, dans lequel Pauline s'engouffre, jetant un dernier coup d'œil vers l'homme qu'elle pense être Brahim, il y a quelques minutes encore. Il est parfaitement maintenu attendant les forces de police. Son regard haineux la transperce.

*

Brahim est bloqué. Il pense à Pauline. Que va-t-elle faire ? Comment lui parler ? Il est fermé dans cette chambre et n'a aucun moyen d'en sortir.

Vingt minutes avant qu'il ne la rejoigne, deux hommes l'ont obligé à les suivre jusqu'ici. Sauter par la fenêtre ? Il y a pensé. Pourtant, de toutes évidences, après un saut de sept étages... on n'en ressort pas en pleine forme. Non... la seule solution est de forcer la porte. Il regarde autour de lui or rien ne paraît assez solide pour défoncer cette issue. La porte est en bois... Peut-être qu'en la brûlant, il pourra réussir.

Il attrape un seau d'eau qu'il remplit à ras bord. Il allume, à l'aide d'un briquet, tous les bouts de papiers qu'il peut trouver. Le feu met du temps à se propager. Les fumées commencent à l'incommoder. Il noue un tee-shirt sur son visage. Au moment où une partie de la porte est suffisamment endommagée, il donne plusieurs coups de pieds dans le bas de sa seule issue. Il attend encore quelques secondes, et le trou devient plus large. Il jette un premier saut d'eau pour éteindre le feu. Un second est nécessaire pour maîtriser totalement les flammes.

Il quitte les lieux et se rend, en courant, au *Pearl Palace.*

*

— La touriste française est déjà partie depuis une heure. Elle a pris un taxi pour l'aéroport. Elle rentre chez elle.

— Merci Monsieur Singh. Je vais tenter de la rattraper. Qu'avez-vous fait de l'homme qui s'est fait passer pour moi ?

— Ma femme a prévenu la police qui, arrivée sur les lieux, l'a rapidement intercepté. On a expliqué aux agents que cet homme a tenté d'abuser de notre cliente française. Il va très certainement passer une mauvaise semaine. Ici, on ne plaisante pas avec les touristes, malgré les mauvais commentaires sur notre compte ! Je vous appelle un taxi, si vous le souhaitez… Vous pourrez sans doute retrouver la Française si vous faites vite !

— Merci encore, lui répond Brahim, la main droite sur le cœur. Mais, s'il vous plaît ! De grâce, ne m'appelez pas un racketteur !

*

En entrant dans le hall de l'aéroport, Pauline s'effondre en larmes. Elle ne peut croire ce qui vient de se produire, durant ces dernières heures.

Hier, son avion décollait de Bordeaux pour l'Inde et demain, au petit matin, elle devra refaire le chemin inverse !

L'hippocampe en sécurité mais sans Brahim.

La fatigue nerveuse mais sans le trésor.

Son sac en bandoulière mais sans sa valise !

Le trésor ! Mais quelle foutue idée ! Comment peut-on sereinement penser qu'un fabuleux trésor n'attend qu'elle au fin fond du Rajasthan ?

D'autres s'y sont cassés les dents durant les différentes expéditions effectuées pour le retrouver.

D'ailleurs, Pauline se met à douter de la présence même de Brahim à Jaipur. Depuis cinq mois, il n'a donné aucun signe de vie et s'est manifesté, il y a un peu plus d'une semaine seulement.

Un écran de contrôle lui indique qu'un avion en provenance de Paris a du retard. Il semble prévu pour 19h15. Dans un quart d'heure, des compatriotes seront là. Cette perspective lui redonne un peu de courage. La nuit qu'elle devra passer ici, à attendre le prochain vol pour Bordeaux, sera moins paniquant après avoir parlé français avec quelques passagers.

En cherchant une pièce de monnaie, dans la poche de son jean, pour pouvoir prendre une boisson chaude, elle tombe sur le porte-clés trouvé sur le perron du *Pearl Palace*. Sans y prêter plus d'attention, elle le plonge dans la pochette de sa veste en toile bleu marine.

Elle ignore encore que Laura Stensor, au même moment, rassemble ses affaires, dans une mallette, le commandant de bord ayant indiqué l'imminent atterrissage de l'Airbus sur la *ville Rose.*

*

Brahim règle nerveusement le chauffeur de taxi et sort précipitamment. Il ne connaît pas Pauline. Il sait juste qu'elle veut repartir pour Bordeaux par le prochain vol prévu pour cinq heures du matin. Il doit la retrouver. Elle ne sera en sécurité que lorsqu'il aura récupéré l'hippocampe.

Il s'approche du comptoir et demande à l'hôtesse de faire un appel urgent. L'employée n'arrive pas à comprendre si c'est le charme irrésistible ou bien l'assurance et le ton de ce jeune homme face à elle mais… elle cède rapidement. Tous les haut-parleurs de l'aéroport s'accordent pour faire passer le message de Brahim.

Les voyageurs imaginent une farce en entendant :

High wing no weary, my preference goes to the counter B43.

*

Pauline se dirige vers le comptoir de réservation n'étant même pas sûre de pouvoir embarquer cette nuit. Au moment où l'hôtesse veut prendre sa demande en compte, un message la fait sursauter.

Hôtel palace, j'ai une préférence pour le comptoir B43.

Il ne peut venir que de Brahim ! Il est là, c'est une évidence. Mais quel Brahim ? Elle ne sait plus à qui se fier. Comptoir B43 ? Il faut faire vite.

Elle remercie promptement l'hôtesse, sans acheter pour l'heure de billet. Elle demande la direction à prendre pour trouver ce comptoir B43 et s'y précipite.

Alors qu'elle emprunte un couloir étroit, une main la saisie. C'est en se retournant vers l'agresseur, qu'elle reconnaît, en un éclair, Laura Stensor. Elle est accompagnée de deux molosses paraissant appartenir à la communauté Sikh. Sur la tête de chacun d'eux, un turban orange enveloppe de longs cheveux. Une barbe grisonnante leur donne, à tous deux, un air sinistre.

— Que me voulez-vous, enfin ? Pourquoi me suivre ainsi en permanence ? Votre implication dans le projet d'Adil, n'a pas cessé avec sa mort ?

— Écoutez très chère, je vais faire vite… Je suis fabuleusement bien accompagnée… Alors, pas de vagues, vous nous suivez, et…ne posez aucune question. Je ne pensais pas vous trouver si tôt…, dès mon arrivée. Mais vous m'avez facilité la tâche.

Pauline s'exécute docilement, et se laisse guider jusque dans un taxi. Une direction, en hindi, est donnée par un des deux chevelus. La jeune aventurière sent subitement la résignation prendre le dessus sur elle. Elle jette un dernier regard vers l'aéroport avec le faible espoir d'y voir un Brahim quelconque.

Après trois quarts d'heure de course, le taxi les dépose devant un hôtel luxueux de Jaipur. Pauline et Laura Stensor se retrouvent dans une chambre spacieuse et colorée, tandis que les deux colosses patientent dans le couloir.

— Allez-vous m'expliquer ?

— Vous savez pertinemment ce que je recherche.

— Si vous pensez que j'ai en ma possession l'hippocampe, pourquoi n'être pas venue le chercher plutôt et en France, chez moi ?

— Durant des mois, j'ai pensé que ce pendentif avait été détruit ou perdu durant la fusillade de Bordeaux. Au cas où, j'ai placé, avec l'aide d'agents secrets indiens, le frère d'Adil sur écoute. Cela n'a rien donné, jusqu'au jour où il a décidé de vous contacter. J'ai compris que vous aviez, je ne sais par quel moyen, le bijou avec les deux microfilms réunis.

— Et même si ce que vous dites est juste… Il vous manque le troisième… Celui qu'est censé détenir Brahim !

— Très juste… Mais ce que vous semblez oublier, c'est que ce Brahim en question, ne vous connaît pas. Je peux parfaitement être une Pauline crédible teinte en blonde !

— Comment allez-vous le contacter ?

— Je vais récupérer votre portable dans un premier temps et retourner au *Pearl Palace*… C'est bien l'hôtel que vous avez réservé, n'est-ce pas ? Et de là, j'attendrai qu'il vienne.

— Il pense certainement que je suis rentrée en France ? Et puis... je n'ai pas de portable !

Pauline réalise qu'elle s'est enfuie sans le récupérer. Les batteries doivent, à l'heure actuelle, être sur le point d'imploser !

— Brahim était à l'aéroport, il a passé un message à votre encontre. N'ayant pas de nouvelles, il va insister et vous chercher jusqu'à l'embarquement des passagers. Ne vous trouvant pas, il tentera de vous voir à votre hôtel. Il lui faut cet hippocampe !

— Et bien, vous en déduisez des choses !

— C'est mon métier.

— Vous n'êtes qu'une peste. Vous vous êtes jouée d'Adil, par avidité. Lui, il avait une quête honorable. Votre démarche est morbide. Vous vous servez de vos informations, de votre métier pour commettre un vrai délit. Vous salissez la France qui a fait de vous un agent de protection du pays !

— Arrêtez vos grandes phrases. Vous ne savez rien. Donnez-moi le pendentif et je vous aiderai à repartir du Rajasthan… au frais de la France !

— Je n'ai pas les microfilms.

— Ne perdons pas de temps inutilement. Vous êtes coincée ici et je veux vous éviter une fouille dérangeante… J'ai déjà envoyé un homme pour récupérer le pendentif. Je ne sais pas comment vous vous y êtes prise… mais il a échoué !

— Je ne les ai pas, je vous dis ! J'ai pris mes précautions !

— Où sont-ils ?

Laura Stensor, subitement, change de ton. Sa voix si ferme jusqu'alors devient fébrile. Son assurance l'abandonne, cédant la place à un fort agacement.

— Vous n'avez aucun moyen de pression sur moi, car s'il m'arrive quoique ce soit, jamais vous ne saurez où se terre ce fabuleux trésor.

— Que voulez-vous en échange ?

— Que vous me rameniez à l'aéroport !
— Comment récupérerai-je les microfilms ?
— A l'aéroport.

*

De grosses gouttes perlent le long du visage du beau marocain. Plus le temps passe et plus son projet se perd dans les airs. A quoi bon tout ce cirque ? Après tout, ce n'est pas sa quête, mais celle de son frère aîné. Ce frère qu'il a toujours admiré et qui n'est associé qu'à des moments puissants de tendresse et de respect.

Leur père avait toujours été le pilier, le roc, sur qui l'ensemble de la famille s'abandonnait ; Adil était la lumière, la réussite sociale, le protecteur indéfectible. Aujourd'hui, ces deux êtres n'étaient plus.

Brahim avait résisté, durant des mois, à la tentation de rentrer au Maroc mais il lui revenait, sans cesse à l'esprit, le combat mené par ces deux hommes d'exception. Il avait donc accepté la mission exigée par son frère, même si pour lui, cette utopie ne mènerait qu'à une impasse.

Pourtant, ce petit jeu avait mal fini. Deux manches avaient été perdues. La partie n'était pas terminée. S'il existait une infime possibilité de retrouver ce trésor, à l'aide des trois plans, il fallait le tenter. Il continuerait en la mémoire des anciens.

Personne ne vint au comptoir B43.

Il faut absolument retrouver Pauline. Peut-être est-elle coincée sur la route ou bien a-t-elle changé d'avis désirant, finalement, rester sur Jaipur ? Brahim ne sait que faire : partir ou rester encore un peu. Las, il s'installe en face du stand d'embarquement. Il laisse aller son esprit pendant plus d'une heure. Il s'aperçoit que, depuis son arrivée dans ce pays, il n'a jamais essayé d'analyser ce qu'il vivait.

A la mort de son père, il avait été dévasté. Sa mère et ses sœurs ayant besoin d'un homme solide pour les tenir debout, il avait placé sa douleur au fin fond de son être. Bien enfouie et ignorée de tous, cette lourde peine n'avait jamais été débusquée. Brahim avait menti. L'apparence qu'il donnait aux yeux de tous n'était que mirage.

Lorsqu' Adil, depuis Bordeaux, lui avait raconté l'histoire de leur père, il avait cru trouver un moyen de détourner totalement cette souffrance et de lester le poids lourd qu'était, pour lui, le devoir familial à ce moment-là. Il accepta d'aider son frère en partant comme éclaireur dans un pays dont il n'avait jamais entendu parler. Même dans ses rêves d'enfants, l'Inde n'était jamais entrée. Adil lui avait confié, avant son départ pour Jaipur, un microfilm. Le troisième. Celui qui leur permettrait d'accéder au rêve de leur père.

En arrivant au Rajasthan, Brahim avait souhaité se fondre dans la masse. Il prit très vite la décision d'aller vers les habitants de la ville pour connaître leur mode de vie, leurs coutumes, leurs blessures, leurs fêtes et leurs légendes sacrées. Il avait perfectionné son anglais qu'il parlait, maintenant parfaitement, avec un petit accent indien en prime. Il s'était intéressé à l'histoire du Pays, à sa culture, à la domination anglaise, à l'âge d'or des Maharadjahs, à ses illustres hommes politiques qui avaient marqué cette nation depuis des siècles. Quelques mots en hindi avaient même été appris, ce qui lui avait permis de se constituer un petit réseau d'amis de divers horizons.

Parallèlement, il n'en oubliait pas le motif de son séjour en Inde. Il s'était rendu sur tous les lieux dans lesquels il pouvait obtenir des informations au sujet de la famille royale.

Il n'avait cependant laissé aucune place aux aventures sentimentales. Non pas que les jeunes indiennes n'étaient à son goût cependant il avait très vite eu la conviction que toutes relations sentimentales ou bestiales pourraient le détourner de son objectif. D'autant plus qu'il ne pouvait se permettre de se faire trop remarquer. Il ne savait jamais trop à qui il avait réellement à faire. Sa mission était secrète et devait le rester. Sa démarche était interdite. Il risquait gros. Pourtant, certains soirs, le désir inassouvi l'empêchait de dormir, de raisonner. Ces soirées-là, le contact charnel l'obsédait et il réussissait à retrouver le sommeil qu'au petit matin. Vidé.

Lorsqu'il apprit le décès d'Adil par téléphone, il s'effondra. Il refusa de se rendre aux obsèques, ne pouvant accepter la mort de ce frère adoré. Il partit de Jaipur, durant un mois, pour rejoindre la frontière avec le Pakistan. Ce pays aurait dû être celui de son père s'il n'avait décidé un jour de s'exiler au Maroc.

Il ne se nourrit que très peu, se laissa totalement partir à la dérive, ne communiquant que très rarement avec les personnes qui croisèrent sa route. Il pensa même à la mort et puis l'image de son frère le réveilla un beau matin alors qu'il s'était trouvé un porche pavé pour la nuit.

Il trouva la force de continuer et pensa à cette jeune inconnue dont son frère lui avait quelques fois parlé. C'était une très belle femme, pétillante, amoureuse et honnête. Il se décida, un matin, à poursuivre la recherche avec elle. Il fallait absolument la convaincre de venir ici. Elle ramènerait les microfilms, il trouverait le trésor et la promesse faite au père serait tenue.

De nouveau, Brahim se sent accablé, dans cet aéroport, regardant sans voir, les passagers de toutes cultures se déplacer. La quête vaine sera définitivement abandonnée. Pauline n'est pas venue et Dieu seul sait où elle peut bien se trouver à l'heure actuelle. Il semble quasiment impossible de la dénicher dans ce Rajasthan qu'il commence à considérer avec horreur.

Il regarde, une dernière fois, le stand d'embarquement et décide de retourner au comptoir B43, avant de repartir. Ce n'est plus la même hôtesse mais, à tout hasard, il tente encore de savoir si personne ne l'a réclamé.

— Je suis désolée, Monsieur, non personne n'est venu depuis que j'ai pris mon service.

— Merci… Bon courage ! lui répond-il sans conviction.

Il s'apprête à sortir pour trouver un taxi lorsqu'il remarque un petit groupe atypique, sans bagages, pénétrer dans le hall de l'aéroport. Deux jeunes femmes, l'une blonde l'autre brune, précédaient de deux sikhs, à l'allure peu recommandable. D'instinct, il sent qu'il faut épier ce quatuor bancal.

*

— Ne me faites pas perdre mon temps davantage… Retrouvez vite ces microfilms et que l'on en finisse !

— Je ne connais pas du tout cet aéroport, je vais avoir un peu de mal à m'y repérer. Laissez-moi quelques minutes. Vous les récupérerez, ne vous inquiétez pas, petite avide ! Moi, ce trésor, je n'en ai rien à faire ! Mal acquis, ne profite jamais, très chère !

— Cessez de faire la maligne avec moi et occupez-vous de vos affaires !

— Oh ! Mais c'est qu'elle est chatouilleuse, l'espionne... Heu ! L'espionne, la traîtresse oui !

Laura Stensor perd, en l'espace d'une seconde, le peu de calme qu'il lui reste et attrape les cheveux de Pauline en les lui tirant vers l'arrière. Puis, se rendant compte du tableau qu'elle offre à contempler autour d'elle, elle cesse brusquement.

— Tu me provoques pour que l'on se fasse remarquer... C'est ça, hein ?

— On se tutoie ? Non, loin de moi l'idée d'avoir une telle démarche machiavélique ! Je ne vous arrive pas à la cheville ! C'est vous le cerveau de l'histoire !

Laura Stensor réajuste sa veste et scotche un sourire tout usage sur ses lèvres. Après avoir repris ses esprits, elle retrouve une certaine prestance.

La scène n'a pas échappé, à deux hommes. Ils ne se connaissent pas et ont assisté, de deux endroits différents, à l'esclandre furtif.

Steven Traptor, agent de la CIA, en costume gris, de séjour à Jaipur, observe Laura Stensor, alors que Brahim, caché derrière une billetterie automatique, tente de savoir si l'une des deux jeunes femmes pourrait être Pauline.

Laura Stensor, désirant en terminer, accélère le mouvement. Elle soulève son tee-shirt et laisse découvrir, sous les yeux horrifiés de Pauline, un semi-automatique.

— Je vous ai bien dit que j'étais fabuleusement accompagnée... Mes deux compagnons m'ont apporté ce cadeau de bienvenue. La rigolade a assez duré. Dans ce pays, vous n'êtes rien... Personne ne vous viendra en aide. Menez-moi aux microfilms.

— Je vous ai menti. Je ne les ai pas. Je ne sais pas où ils se trouvent...

— Arrêtez vos simagrées ! Pourquoi être venue jusqu'ici, alors ?

Pauline, dans un éclair de lucidité, se rend compte qu'elle n'a qu'une idée en tête depuis l'arrivée de Laura : gagner du temps. Tentative désespérée car qui pourrait bien lui venir en aide ? Brahim ? Elle ne le connaît même pas ? Il n'est pas venu à leur rendez-vous, et pourtant, elle a parcouru des milliers de kilomètres pour le rejoindre ! Laura Stensor a le pouvoir de la détruire sans que quiconque ne s'en aperçoive.

Elle opte pour la fuite, puis hésite, préférant le scandale. Au moment où elle commence à hurler, un homme en costume gris surgit face à elles.

— Laura Stensor... Veuillez me suivre, immédiatement.

— Pas maintenant, Monsieur Traptor. Je n'ai pas

terminé…

— Pourtant, il va falloir que nous nous parlions immédiatement. Je vous ai loupée à l'hôtel. Ma patience a des limites.

Laura Stensor demande aux deux molosses de surveiller Pauline et s'éloigne avec Traptor. Brahim s'est rapproché du petit groupe, intrigué par le jeu de va et vient. Il y a un problème, il le sent. La grande blonde paraît plus menaçante face à la brune pétrifiée. Et puis ces deux hommes à leurs côtés ne semblent pas être des amis chers et chaleureux, montant la garde plus qu'autre chose.

— Écoutez Traptor, j'ai fait un passage éclair à l'hôtel et je n'ai pas eu le temps de vous laisser un message. Nous n'avons toujours pas les microfilms.

— J'ai cru comprendre, en effet… Cependant, le plan est compromis. Nous devions cueillir La Française et le Marocain, en même temps, au *Pearl Palace*. Les trois plans auraient été réunis. Votre opération est un vrai fiasco !

— Nous allons réussir… Laissez-moi encore un peu de temps. Elle les a déposés quelque part, dans cette ville, et lorsque nous lui aurons tout soutiré, on s'occupera du frère de l'autre rêveur !

— Il y a déjà eu plusieurs morts, nous n'avons plus une large marge de manœuvre. On va très vite nous repérer. Des informateurs ont localisé ce Brahim dans un immeuble de la ville. Il y vit depuis quelques mois chez l'habitant.

En voyant, sans l'entendre, cet homme parler à Laura, Pauline réalise qu'il s'agit de celui qui l'a bousculé en entrant à l'hôtel. Machinalement, elle met une main dans la poche de sa veste et sent le porte-clés. Elle n'a pas trop prêté attention à la figurine qui y est accrochée. Elle tâte ainsi ce qui semble être une tête d'animal et se promet de mieux observer ce porte-clés, sans clé, dès qu'elle pourra le faire.

— Le problème est sérieux. Quelque part, dans cette ville, une personne a probablement trouvé la clé USB que j'avais cachée dans un porte-clés. Je ne sais où je l'ai perdu. Mais, il avait une importance capitale. Dans cette clé, les deux premiers plans y étaient réunis.

— Comment ça ? Vous aviez déjà les plans ? Pourquoi ne pas m'avoir alertée ? Cela m'aurait évité cette perte de temps avec la Mistinguett.

— Je ne les ai que depuis très peu de temps. Le jour de la mort d'Adil Al Ouia, un jeune homme l'avait aidé à contacter la Française. Ce proche avait eu vent du projet. Lorsqu'il comprit qu'un fabuleux trésor pouvait être découvert, il avait fait une copie des deux microfilms placés dans la tête de l'hippocampe. Il avait toute la confiance de Monsieur Al Ouia. Ce dernier ne s'est pas méfié. Lorsque ce jeune homme a commencé à faire des recherches pour trouver une aide logistique et humaine pour arriver à ses fins, nous l'avons contacté. Il a tenté de monnayer les microfilms. Finalement, nous avons obtenu les copies et l'avons réduit au silence. Nous avions besoin de la demoiselle pour attirer Brahim Al Ouia. Il n'y a que cet homme qui détienne le troisième plan. Il est primordial de le retrouver. Nous avons encore besoin d'elle.

Le marocain n'a raté aucune miette de la conversation. Il faut faire vite. Pauline est en danger et le trésor est en passe d'être retrouvé. Il aperçoit, au loin, deux agents de police indienne. Il se précipite vers eux et après quelques mots échangés, les trois hommes viennent auprès de Laura. Stensor et Steven Traptor reviennent vers elle en courant. Les deux policiers mettent alors immédiatement en joue le couple comploteur tandis que Brahim se jette sur un des deux sikhs lui assénant un uppercut d'école. Il se bat de toute son âme contre les deux molosses, prenant au passage des coups sur le visage. Un coup de poing dans le ventre aurait pu le laisser à terre cependant en voyant le visage si pur de Pauline, il retrouve un courage insensé. Il attrape la jeune femme par le bras et l'oblige à le suivre tout en lui dévoilant son identité. Les deux sikhs sont aussitôt maîtrisés par la police.

— C'est moi, c'est Brahim... Tu es bien Pauline ?
— Oh, mon Dieu... Oui, c'est bien moi !
— Il valait mieux... sinon, tu aurais pu me prendre

pour un fou !

Ils empruntent de nombreux couloirs, prennent diverses directions tentant de trouver des lieux plus sécurisés. Des escalators sont montés à toute hâte, des escaliers descendus quatre à quatre, des touristes bousculés, des endormis sur les bancs réveillés... A aucun moment, ils ne réussissent à se lâcher la main.

Dès qu'ils pénètrent dans un hall, de plus petite taille, Brahim attire plus fortement Pauline vers lui.

— Sortons par cette porte !

— Je ne peux que te suivre Brahim...

Le premier taxi aperçu est réquisitionné. Ils s'engouffrent à l'arrière, et Brahim donne une direction en hindi. Le chauffeur s'exécute.

— Comment as-tu fait pour convaincre la police de les arrêter ?

— J'ai juste dit que ce couple avait le corps scotché d'explosifs. Que l'on devrait agir vite, sinon l'aéroport allait être le lieu d'un attentat ! Ils n'ont pas réfléchi trop longtemps...

— Je suis à bout... C'est bien toi, au moins ?

— Je te confirme que je suis bien moi, répond Brahim, en penchant la tête sur l'épaule gauche.

Le sourire qu'il adresse à Pauline laisse découvrir des dents blanches éclatantes.

— Nous allons chez moi, tu pourras t'y reposer, et demain, nous discuterons de tout ce qui nous arrive...

Tu veux bien ?

Elle se blottit contre lui, et pour la première fois, depuis des mois, elle se sent en terrain connu. Elle s'endort soulagée.

*

Après près de trois heures de vérifications d'usage, Stensor et Traptor peuvent enfin sortir de l'aéroport, encore plus déterminé à en découdre avec Pauline. Les autorités indiennes ayant fait de nombreuses recherches à leur sujet afin de connaître leur réelle identité, ils peuvent récupérer leur arme de service.

— Comment avons-nous pu être aussi bêtement manipulés ? Dieu seul sait où ils sont passés désormais !

— Ne vous inquiétez pas pour ça Stensor. Nous allons les retrouver... Faites-moi confiance.

Toujours accompagnés des deux sikhs, Traptor donne au chauffeur de taxi l'adresse du loueur du marocain.

*

De l'extérieur, et malgré l'obscurité, le petit immeuble parait vétuste. Il n'inspire aucune confiance. Pour y accéder, Pauline et Brahim ont emprunté d'étroites venelles jonchées de détritus divers et variés.

Jaipur semble être, à première vue, la destination rêvée, pour tout rongeur qui se respecte.

— *Quand tu es rat ou souris, une fois dans ta vie, par Jaipur, la ville rosée, tu dois séjourner !* versifie Pauline, en apercevant la queue énorme d'un rat se faufilant entre des restes de salades et autres légumes avariés.

— Viens, suis-moi... Regarde où tu mets les pieds.

— Mais comment as-tu pu vivre ici durant tous ces mois ? C'est infect !

— Oui, c'est exact... On sera mieux à l'intérieur.

Sa main, virile et ferme, empoigne celle de Pauline qui se laisse guider sans résistance. Lorsqu'elle pénètre dans l'appartement, Pauline sent son corps tout entier de décrisper instantanément.

Le logis est exigu cependant il est décoré avec goût. Les murs, peints couleur Terre de Sienne, s'accordent parfaitement avec le parquet plus clair posé au sol. Une armoire, d'un bleu turquoise usé par le temps, s'impose sur un des pans de murs.

Une banquette lit-canapé occupe un deuxième pan de mur. Des coussins carrés et des boudins se disputent l'espace.

Au centre de la pièce, sur une table basse blanche, trône une jarre en forme de fleur de lotus, couleur jade.

La fenêtre, sur le troisième pan de mur, a un rebord de quelques centimètres sur lequel des pots ocres accueillent le vert éclatant de différentes sortes de plantes. Sur une commode, un porte encens violet semble prêt à être utilisé, un bâtonnet y étant déjà installé.

Le dernier pan de mur est réservé à un évier surplombé d'étagères en bois.

En tournant sur elle-même pour découvrir l'appartement, Pauline ne voit pas le sourire amusé de Brahim qui l'observe à la lumière des bougies parfumées qu'il vient d'allumer.

— Que c'est agréable chez toi ! Tu vis avec quelqu'un ?

— Non, je suis seul… Désespérément seul !

— C'est toi qui as décoré ?

— Bien sûr ! Tu sais, depuis des mois, le temps, j'en ai eu pas mal. J'ai fait beaucoup de recherches au sujet de la famille des Maharadjahs et pourtant les heures ont été très longues. Alors, je me suis occupé. J'ai rempli cette pièce avec ce que je pouvais trouver de pas trop cher dans le coin. Tu sais, Jaipur est une ville extrêmement touristique… Les prix pratiqués pour les étrangers sont très fluctuants. Disons que les Indiens t'accordent le prix qui va avec ta tête. Si ton visage leur va, ils te font une ristourne, sinon *makach* !

Le regard de la jeune femme est attiré par une photo encadrée, posée sur la commode. On y reconnaît Adil et Brahim entourant plusieurs autres personnes dans des costumes traditionnels étincelants.

— Ça alors… ! Mais, tu avais des cheveux avant ? Aujourd'hui, fini le shampoing !

Instinctivement, Brahim met sa main sur sa calvitie naissante.

— Cette photo a été prise, il y a un plus de cinq ans maintenant. Nous étions tous réunis pour le mariage de ma sœur, Aliyah que tu vois au centre avec mon beau-frère Tahar. Là, ce sont mes parents, Walida et Dakhil. Ici, mes trois autres sœurs, Touraya, Youcera et Sania, et enfin mes frères, Adil et Sofiane. Nous avions passé plusieurs jours à célébrer cette union. En regardant cette photo, je repense avec bonheur à tous ces instants qui ne se reproduiront plus jamais…Et, à propos de mes cheveux, sache pour ta gouverne que de nombreuses femmes ont adoré cette évolution capillaire ! On ne raille pas l'homme qui disperse aux quatre vents les reliques sacrées de son honorable front, dit-il les mains jointes en courbant l'échine.

— Je te rassure… Je trouve cela hyper sexy. En fait, je dirais même que tu ne peux être beau que chauve ! ironise-t-elle avant de se reprendre et d'ajouter :

— Mais, sérieusement, tu vis de quoi ici depuis tout ce temps !

— C'est mon affaire, se raidit-il subitement. J'ai de quoi faire ! Bon que veux-tu manger ? Un plat local je suppose ?

Le beau sourire de Brahim a totalement disparu, ce qui plonge Pauline dans un profond malaise. Elle a atteint un point sensiblement épineux. Elle sait que parfois lorsqu'elle se sent à l'aise, elle parle trop, allant jusqu'à blesser. C'est plus fort qu'elle !

Pourtant, sur l'instant, voyant la mine déconfite de Brahim, elle ne sait si c'est l'allusion aux cheveux ou celle concernant ses revenus financiers qui a pu le gêner.

— Je voudrais prendre une douche avant... Si tu m'y autorise !

— Il faut sortir dans le couloir. Attends... je vais te donner une serviette. Pense à bien fermer la porte car, tu verras, l'endroit où tu vas aller fait aussi office de toilettes. Sympa l'Inde, non ?

— Brahim... Je voulais te dire... Je te remercie... Enfin, je suis heureuse, malgré tout d'être là, avec toi... Cela me fait du bien. Tu sais, je n'ai plus aucun repère depuis hier et je ne sais pas pourquoi, mais cela me rassure terriblement d'être à tes côtés.

Pauline prend la serviette des mains de Brahim qui s'est radoucit en l'entendant parler ainsi.

— Et puis..., j'ai vraiment aimé passionnément ton frère... même s'il n'a pas toujours été limpide à mes yeux. De te connaître... cela me rapproche un peu de lui, tu comprends ?

— Je sais... Il m'a tout expliqué. Je crois qu'il t'a aimé lui-aussi. Mais, tu n'es pas arrivée dans sa vie au bon moment. Il s'était cloîtré dans ce projet fou dans lequel il nous a tous enfermés d'ailleurs. Va te doucher... Après, nous sortirons prendre l'air.

Subitement, et sans se l'expliquer, Pauline sait qu'elle n'est plus seule dans ce pays opaque. Brahim, dans le même temps, sent renaître en lui la vigueur perdue. Une bulle protectrice se crée tout doucement et dans laquelle ils semblent, tous deux, se fondre. Un sentiment de sécurité naît au plus profond de leur être.

Ils descendent les marches de l'habitation, vers l'inconnu. En déambulant dans les différentes ruelles, le marocain a la sensation de découvrir la ville. Jamais auparavant, il n'a remarqué l'effervescence bruyante de la cité. Il se surprend à l'attendrissement lorsqu'en pleine rue, ils croisent une petite chèvre grisée portant un tee-shirt blanc. Il admire subitement des tissus soyeux de petites boutiques auxquelles il n'a jamais prêté attention. Il rit de bon cœur avec un conducteur de rickshaw couleur guêpe qui a failli les écraser !

C'est pour lui, la *ville en rose*.

Pauline, quant à elle, ne cesse de décortiquer le moindre geste, le plus petit regard lancé, le plus tendre des sourires dont Brahim fait preuve. Elle marche auprès d'un homme qui rayonne. Il lui insuffle, en petites doses, une bouffée d'allégresse.

Ce sera le chef Lagan qui leur concoctera, avec

simplicité et chaleur, un bœuf mariné dans une sauce de curry, parsemés de raisins secs, d'amandes et de noix de cajou. Cuisinier de formation, il possède le restaurant *Niros,* sur *Mirza Ismail road.*

Hésitants pour le dessert, les deux complices choisissent au hasard, en se promettant le partage. Pauline découpe en deux son *Suji Hlwa,* une sorte de gâteau de semoule avec des raisins secs et des pistaches tandis que Brahim fait de même avec son *Gulab Jamun,* un beignet à la poudre de lait et au sirop de safran.

Cela doit faire une éternité qu'ils n'ont pas mangé autant, en un seul repas. Repus, mais sereins, ils rentrent chez Brahim.

— Dis-moi… Qui est ce Traptor avec lequel Laura discutait à l'aéroport ?

— Je les ai entendus parler… C'est aussi un agent secret, au fort accent américain. Peut-être la CIA.

— La CIA ? Mais cette affaire commence à prendre une dimension démente… ! Que lui a-t-il dit ?

— J'ai compris qu'ils étaient en affaire depuis longtemps. Adil ne m'a jamais parlé de cet homme et j'ignore le rôle qu'il a joué dans l'histoire.

Arrivés devant la porte de l'appartement, ils s'aperçoivent bien vite qu'elle est entrouverte. Brahim précipite Pauline vers la salle de bains si luxueuse du couloir.

— Va te cacher… ! Ne bouge pas, chuchote-t-il.

Il entre prudemment à l'intérieur et découvre le sol recouvert de vêtements, tissus, vases et autres vaisselles. Après une inspection rapide, durant laquelle il s'assure que personne n'est encore là, il va chercher Pauline.

— Ils ont ton adresse. Ils sont venus chercher l'hippocampe... C'est sûr !

— Et le troisième plan, aussi...

Ils fouillent leur cachette respective.

Tout a disparu : Pauline trouve sa petite bourse, remplie de la poudre contre le mauvais œil, mais sans le pendentif ; Brahim retourne une petite fiole parme, dissimulée dans l'imposante armoire, avec le même résultat.

Le bruit assourdissant d'une déflagration fait trembler les murs. Ils sont projetés au sol sous les débris de verres. La fenêtre n'a pas tenu le choc.

Non loin d'eux, une voiture vient d'exploser. A son bord, un chauffeur et un couple y ont trouvé la mort.

Tout près de la tragédie, deux hommes avec un turban orange et une longue barbe grise semblent se féliciter de l'accident. Un sourire en coin, l'un d'eux compose un numéro de téléphone sur son portable.

— C'est fait... Nous nous sommes occupés des Occidentaux !

— Je m'en réjouis... Nous savions que l'on pouvait

compter sur vous. Vous avez, définitivement, la confiance du clan. Personne ne pourra plus jamais atteindre le bien sacré. Tout ceci nous encourage davantage à continuer le combat.

— Nous venons vous rejoindre.

Deux sikhs, perdus dans la cohue créée par le drame, s'éclipsent l'air de rien en repensant à tout ce qui vient de se produire.

Arrivés en taxi, au domicile de Brahim, les Sikhs sont restés à l'intérieur du véhicule pendant que Traptor et Stensor se sont occupés de la fouille de l'appartement.

Les deux fanatiques chevelus ont eu largement le temps de déposer un sac contenant une bombe de fabrication artisanale, sous le siège arrière.

Lorsque l'Américain et la Française les ont rejoints, ils ont prétexté un rendez-vous très important avec leur communauté.

En voyant s'éloigner le taxi, les deux hommes ont pensé que dans trente secondes, la rue allait s'animer. Ils n'ont pas été pas déçus.

*

— Comment ça va ? Tu n'as rien ?

— Non... Je crois que ça va. Je suis juste un peu sonnée. Quelle explosion, mon dieu ! Allons voir ce qui s'est passé...

— Attends... J'ai juste un petit truc à faire.

Brahim se relève totalement et se dirige vers l'évier. Sur les étagères, aucun verre n'a résisté à la déflagration. Pourtant, d'un geste assuré, il met la main sur une théière, contre le mur. Il l'ouvre et en fait tomber un petit sac. Lorsqu'il se retourne, les traits du visage détendus, il semble soulagé.

— Qu'est-ce que c'est ? ose Pauline.

— Un bien inestimable. Je t'en parlerai plus tard. Maintenant, nous pouvons sortir. Restons sur nos gardes. Toi et moi sommes repérés... il faut que nous fassions très attention.

— Je te suis !

Brahim laisse passer Pauline et en profite pour ramasser, sous la table basse, un objet qui lui est familier.

Arrivés sur les lieux de l'explosion, ils découvrent une foule dense qui a eu le temps de s'agglutiner autour de la voiture en feu.

Brahim se rapproche d'un Indien et tenta d'en savoir plus. Il s'exprime en hindi et Pauline ne comprend pas un traître mot de la conversation.

— Pauline... Apparemment, un couple d'occidentaux seraient morts. Ici, ils ne savent pas encore, si c'est un attentat ou un règlement de compte.

La femme était blonde et l'homme avait un costume gris. Plusieurs personnes les ont vus monter dans ce taxi. Le chauffeur est décédé, lui-aussi.

— Quel drame ! Serait-il possible que ce soient Stensor et Traptor qui soient morts ?

— Dis donc, tu fais des rimes !

— Arrête... Ce n'est pas drôle. Tu te rends compte si c'est eux !

— Je te rappelle que s'ils avaient pu mettre le doigt sur la détente, ils t'auraient fait disparaître de la carte en moins de temps qu'il ne faut pour le dire !

— C'est vrai... Pourtant, je n'arrive pas à me réjouir de leurs morts ! Et les deux Sikhs ? Ils étaient dans la voiture, aussi ?

— Je ne crois pas.

— Qu'allons-nous faire ?

— Dans deux jours c'est le *Republic day*, ici, au Rajasthan. Je te propose de quitter quelques jours Jaipur. Je vais t'emmener dans un endroit extrêmement touristique. Là, nous pourrons nous fondre dans la masse. Tu vas préparer tes affaires et nous partirons pour Agra, à la première heure demain. C'est à quelques kilomètres d'ici.

Pauline ne sait que dire. Brahim est comme un ouragan qui peut décreuser des montagnes entières et les transporter aussitôt sur d'autres terres. Elle se laisse guider, comme toujours, réalisant qu'elle n'a jamais dit non à un homme.

Ils rentrent dans l'appartement de Brahim. Les bris de verre sont enlevés et la fenêtre calfeutrée avec des bouts de tissu et du gros scotch marron. Il est déjà deux heures du matin lorsque Pauline s'endort sur la banquette-lit alors que Brahim se contente de s'allonger sur deux épaisses couvertures, à même le sol.

Ni l'un, ni l'autre n'entend la lourde respiration qu'ils émettent tous deux.

Le sommeil les écrase.

*

Après plus de quatre heures de route en bus, Pauline et Brahim foulent le sol d'Agra. La première impression est extrêmement désagréable. Ils sont littéralement agressés par des marchands de souvenirs. Ce ne sont pas de mauvais bougres or il faut hausser le ton pour qu'ils se décollent du couple. La ville est sale et trop bruyante. La faim se fait remarquer. Pourtant, aucun des deux ne tente d'avaler quoique ce soit tant les gens autour d'eux respirent l'impureté.

— Je vais t'emmener dans un des lieux les plus magiques d'Inde.

— Laisse-moi deviner… Le *Taj Mahal* ? C'est bien ça… ? Oh ! Mais c'est surfait. Classique…, dit Pauline en riant aux éclats.

— Tu as dû être une enfant pourrie gâtée, toi ! Combien de personnes viennent-elles ici ? Ils dépensent des sommes folles pour venir voir ce mausolée !

— Tu es bien trop romantique… ! Non, sérieusement, je…blaguais. Je te remercie de vouloir me faire découvrir ce bijou de l'architecture mondiale. Je parle bien souvent sans trop réfléchir…

— Tant de lucidité m'épate, lui répond Brahim sans le sourire, ni même le regard vers elle.

Il l'ignore ainsi durant tout le parcours menant au T*aj Mahal*. Pauline, gênée, se sent coupable d'avoir vexé celui qui désire tant lui apporter un peu de magie. Lorsque devant eux se dresse la magistrale beauté blanche, Pauline stoppe ses pas et attrape le bras de cet homme grand et fort qui l'accompagne.

Mais qu'est-elle en train de vivre depuis six mois ? Qui, dans son entourage, peut se vanter d'avoir pu admirer tant de splendeurs, du Maroc jusqu'au nord-ouest de l'Inde. Ces deux pays la transportent dans des temps anciens et historiques.

Les sons, les odeurs, les couleurs, les soies, les épices font vibrer tous ses sens. Il lui est interdit de se plaindre ou de rechigner sur quoi que ce soit. Elle en oublie les épreuves, les décès, les angoisses.

Auprès de Brahim, elle est elle-même. Il ne la connaît que depuis hier et il n'a vu d'elle que défaut, cheveux en vrac, caprices et râles. Elle est en train de se rendre compte qu'elle n'a pas peur de lui déplaire et pire, il lui plaît de jouer avec cette sensation nouvelle.

De son côté, Brahim n'a qu'une idée en tête : éloigner Pauline de Jaipur pour la mettre en sécurité. Une idée en entraînant une autre, il songe, accessoirement, à récupérer le porte-clés qu'elle a ramassé au *Pearl Palace*. Ce qui finalement, lui fait deux idées en tête.

La visite du monument est expédiée, quelque peu gâchée par le malaise palpable entre les deux visiteurs.

En s'éloignant du site, Pauline se retourne une dernière fois vers la dernière demeure, érigée par l'empereur Moghol, *Shâh Jahân*, à la mémoire de son épouse, follement aimée.

C'est une harmonie quasi parfaite entre le marbre et la symétrie de la végétation sur deux longues allées. La jeune bordelaise en est toute chamboulée, émue aux larmes. L'émotion de Pauline n'échappe en rien à Brahim qui fait mine de ne rien remarquer. La fierté marocaine les enveloppe, à nouveau, dans un profond silence. Pauline, pourtant, tente de le faire sourire :

— Le Moghol est fier de son œuvre, non ? Moghol fier... une montgolfière !

— C'est nul ! répond-il en courbant légèrement ses épaules vers l'avant, les deux mains dans les poches de son jean.

Sur la route du retour, vers 17 heures, un hôtel leur tend les bras pour la nuit. Brahim demande deux chambres puis, ils se donnent rendez-vous pour le lendemain matin, à sept heures.

Pauline sait que tous les plus beaux paysages du monde ne peuvent s'apprécier seul. Assise sur la couette brodée de son lit d'hôtel, un grand vide l'envahit. A contre-cœur, elle décide d'aller manger un bout au restaurant.

L'effervescence dans le hall lui redonne un peu de baume au cœur. Des dizaines de touristes, s'exprimant dans des langues différentes, tout sourire, heureux d'être là et dans le partage, l'aident à surmonter légèrement son blues passager.

Que fait Brahim ? Est-il sorti ? Ou bien, a-t-il eu la même idée qu'elle, en descendant lui aussi pour se restaurer ?

Avec l'allure d'un radar extrêmement sophistiqué, Pauline scrute l'ensemble des tables. Aucune n'a pour compagnie la susceptibilité marocaine.

Déçue, mais surtout alléchée par les odeurs circulantes du restaurant, elle commande un Curry de poisson qu'elle dévore, sans prêter plus grande attention, au petit manège qui est en train de se tramer dans son dos. Un homme, a fort belle allure, s'est rapproché d'un des nombreux serveurs pour obtenir de sa part une faveur, en lui glissant un billet dans la main.

Repue, Pauline remonte dans sa chambre. Elle prend une douche, se couche puis, afin de se sentir moins seule, allume la télévision qui lui apporte quelques confirmations :

« Nous sommes face à un terrorisme sournois, lâche et novateur. Jamais un tel acte n'avait touché, en plein cœur, le Jaipur populaire. Deux agents des services français et américains ont péri. Les autorités indiennes ont affirmé tout mettre en œuvre afin de connaître le motif de l'explosion. Les relations diplomatiques avec les deux pays concernés pourraient être entachées sérieusement »

Stensor et l'agent américain sont bel et bien morts. Elle connaissait cette femme. C'est un choc. Pauline réalise qu'elle est embarquée dans une histoire à portée internationale. Le monde entier finira par lui mettre la main dessus.

Finalement, jusque-là, elle s'est comportée comme une irresponsable, sans penser aux conséquences de ses actes.

Depuis qu'elle est au courant pour ce trésor, dont la recherche reste insensée, elle n'a été qu'une sotte inconsciente qui s'ennuie dans sa vie bien rangée, dans son petit syndicat d'initiative bordelais. La côte, de

Lacanau au Cap-Ferret, les châteaux du vignoble bordelais, l'architecture du XVIIIème de Bordeaux, la ville réveillée après avoir été endormie durant de longues années… Plus rien de tout ceci ne l'excitait ces derniers mois. Elle a fait le tour du département girondin. Et puis finalement, après Paris, toute ville habitée ne peut être que pâleur et tiédeur.

Elle s'apprête à éteindre le poste de télévision lorsque l'on frappe à sa porte. Depuis quelques temps, Pauline a appris à se méfier de tout bruit ou mouvement suspect. Elle sursaute dans un premier temps puis se décide à ouvrir.

Dès que la porte est grande ouverte, elle ne voit qu'un corps, le visage caché par un énorme bouquet de fleurs aux multiples couleurs, qui semble faire honneur à Magritte.

— Désolé, s'exprime un homme avec un fort accent indien, si vous voulez bien accepter ses fleurs. Merci.

— Bonsoir… ! C'est de la part de qui ?

— Il y a une carte à votre intention. Bonne soirée, Mademoiselle, salue le courtier en se penchant.

Pauline referme d'une main la porte et place les fleurs dans un vase posé sur le guéridon, près de la fenêtre.

Elle déplie le petit mot et lut :

Ces fleurs parleront mieux que je ne saurai le faire.
Nous vivons tous deux une période compliquée.
Pardonne-moi.
Je te retrouve demain…
Nous tenterons d'oublier, si tu veux bien.
Je te souhaite une agréable nuit.
Brahim.

Pauline se surprend à sourire, en virevoltant sur elle-même. Soudain, elle se reprend, effrayée par cette sensation qui se dévoile au grand jour.

Non…Vraiment… il lui est interdit d'éprouver quoique ce soit pour le frère de l'homme qu'elle a tant aimé.

*

Trois jours après l'explosion, Pauline et Brahim sont de retour sur Jaipur. Les dernières heures ont été glaciales et pauvres en conversation. Les deux âmes en peine ont tenté de faire bonne figure pourtant le courant ne passe plus. Sans pouvoir se l'expliquer, chacun se terre dans une triste mélancolie et rien ne réussit à égayer leurs deux cœurs en émoi.

Le bus les dépose dans le centre-ville toujours aussi tonitruant. Cette fois-ci, Pauline sent une odeur nauséabonde qui l'incommode fortement. D'où peuvent bien venir ces émanations fétides ? Lors de son premier passage, dans la ville, elle ne s'en est pas rendu compte.

— Quelle odeur ? C'est insupportable ?

— Tu sais en Inde, les évacuations des déchets ne sont pas des plus performantes. Ils mettent tout dans des coins. Sur les lieux touristiques, ça va encore, on ne voit pas, mais si tu regardes derrière tel muret ou telle habitation, tu découvres l'abomination : des tas d'ordures composées d'épluchures, de résidus de viande, et autres plastiques.

— Pourquoi n'ai-je rien remarqué auparavant ?

— Tu avais sans doute l'esprit ailleurs !

Ils remontent vers le *Pearl Palace* où Pauline a réservé pour dix jours. Son départ précipité lui a peut-être coûté sa place. Or, elle y a laissé quelques affaires personnelles comme sa valise ou ses chaussures.

A la réception, Pauline reconnaît le standardiste qui l'a accueillie à son arrivée.

— Bonjour ! Serait-il possible de parler à M. ou Mme Singh, je vous prie ?

Le réceptionniste acquiesce et compose un numéro de téléphone. Cinq minutes plus tard, M. Singh vient à leur rencontre.

— Bonjour, la Française ! Comment allez-vous ? Nous étions, ma femme et moi-même, inquiets de ne pas avoir de vos nouvelles.

— Je vous remercie pour votre sollicitude...

Brahim lui glisse, ironiquement, à l'oreille :

— Tu en connais des mots, dis donc !

Sans s'interrompre, Pauline continue la conversation avec le patron du Palace.

— ... Nous avons eu quelques petits ennuis mais ça y est, je crois que nous sommes tirés d'affaire désormais ! Quel périple !

— J'en suis satisfait pour vous... Maintenant, la découverte de Jaipur va pouvoir être plus sereine.

— Il est possible de récupérer ma chambre ?

— Depuis votre départ, nous l'avons louée. Vos effets personnels ont été déposés dans notre *bagagerie*, là derrière. Mais ne vous inquiétez pas, nous allons vous installer dans une nouvelle chambre.

— Pardonnez-moi d'abuser mais serait-il possible d'avoir une chambre avec deux lits. Mon ami m'accompagne et son logement n'est pas très sûr.

— Alors, excuse-moi... mais je suis assez grand pour décider moi-même du lieu où je dors. Mon appartement m'attend...les fenêtres ouvertes !

— Brahim, arrête...

Et se tournant vers M. Singh :

— On va quand même prendre deux lits... On va s'arranger... Merci, en tous les cas pour votre aide et votre accueil.

— Le plaisir est pour moi. Vous aurez la chambre

rose, au premier étage. N'oubliez pas que le restaurant se situe sur la terrasse. Nous serons enchantés de vous recevoir. Je vous souhaite un excellent séjour à Jaipur.

Le patron s'éloigne et Brahim, exaspéré, sort de l'hôtel prendre l'air. Pauline récupère la clé et lui emboîte le pas.

— Mais que t'arrive-t-il, Brahim ? On dirait un enfant…

— Et en plus tu veux me faire dormir dans une chambre rose ! Non… mais, on aura tout vu !

— Quel est le vrai problème ? Il faut parler. Ce malaise entre nous, que nous n'arrivons pas à consumer, commence à m'étouffer sérieusement. J'ai de plus en plus de mal à supporter, le bruit, les odeurs, les mouvements de ce pays ! Je suffoque. Je vais, dès demain, faire le nécessaire pour abréger mon séjour ici. Tu n'entendras plus jamais parler de moi et chacun de nous reprendra sa petite vie. Alors, essaye d'être au moins un peu plus agréable ! Ton appartement est probablement surveillé. J'ai cru bien faire en prenant l'initiative de te faire dormir au *Pearl Palace*.

— Parce que tu crois que nous sommes plus en sécurité ici ? Tu rigoles j'espère ?

— Traptor et Stensor ne sont plus. Il me semble que l'on risque moins d'être en danger ici !

— Et ceux qui s'en sont pris à ces deux agents… qui te dit qu'ils ne vont pas continuer le travail. S'ils peuvent s'en prendre à des agents secrets, ils ne vont faire qu'une bouchée de nous deux !

Les clients, qui entrent et sortent de l'hôtel, assistent au spectacle et commencent à les regarder d'un drôle d'air. Le ton est monté et Brahim s'en aperçoit.

— Écoute, Pauline... Allons dans la chambre. Arrêtons de nous exhiber.

Pauline récupère sa valise et ils rejoignent la chambre rose.

— Dis-moi... Où as-tu mis le porte-clés trouvé parterre ?

Pauline sursaute en entendant la question posée subitement par Brahim dont le regard, dans le même temps, s'est voilé.

— Pourquoi ?

— Je peux ne pas répondre à toutes tes questions ?

— Bon... Maintenant, cela suffit... ! Tu vas...

La jeune femme n'eut pas le temps d'achever sa phrase. Brahim a attrapé ses bras, la plaquant contre le mur de la chambre. De sa main droite, il lui tient le bas du visage laissant juste apparaître cette bouche pulpeuse, d'un rouge ardent, qu'il n'a cessé d'avoir envie de mordre. Effrayée, Pauline ne réagit pas sur l'instant puis, peu à peu, son regard noisette se fait provocant. Brahim reste ainsi quelques secondes, sans bouger un cil. Et puis, fougueusement, il pose ses lèvres sur celles de Pauline qui résiste, légèrement, avant de céder. Leurs deux corps se mélangent dès qu'ils font disparaître, un à un, chaque vêtement.

L'Afrique et l'Europe se réunissent à nouveau mais en Asie, cette fois-ci !

*

Le temps est dégagé sur Jaipur. Brahim peut apercevoir des bouts de ciel à travers les rideaux de la chambre. Une tornade d'amour l'a transporté vers de nouvelles contrées. La nuit a été déchaînée et ardente. Il pose délicatement une main sur le bas du dos de Pauline dont le corps est encore bouillant. Cette femme qui dort auprès de lui l'a entièrement conquis. Il sait que l'amour d'une femme peut faire toute la différence.

Il se lève avec une obsession en tête. Il faut trouver le porte-clés, dans la veste de Pauline. Minutieusement, il glisse la main dans la poche intérieure et sent l'objet métallique si précieux. Lorsqu'il l'a dans la main, il ouvre la tête de l'animal.

C'était donc vrai ! Traptor l'avait parfaitement expliqué à Stensor, à l'aéroport. Les deux plans, contenus dans l'hippocampe, avaient été copiés.

Brahim repose l'ensemble dans la poche de la veste de Pauline. Un sentiment de trahison se fraye un passage jusqu'à sa conscience. Maintenant, il en est sûr.

Ce projet, s'il doit être continué, ce sera avec *Elle*. Il n'est plus seul et il se doit de lui en parler.

Brahim pense à son grand frère. Aurait-il approuvé cette relation naissante ?

Il ouvre la fenêtre et en se penchant sur les barreaux de renfort, un rayon de soleil lui aveugle les yeux.

Pauline s'est levée. Elle se colle contre son dos, passant les bras autour de la taille de son homme.

Le calme, le vide et le temps, anesthésié, l'apaisent. Plus rien ne bouillonne, plus rien ne l'étouffe, plus rien ne la retient. Elle n'a pas encore chaud et n'a plus froid. Elle ne sait pas ce qu'elle va trouver puisqu'elle ne sait plus trop ce qu'elle est venue chercher. Elle ne craint pas demain car elle n'est plus empoisonnée par hier.

Cet instant ne doit pas s'arrêter car, jamais, elle n'a ressenti ce sentiment si sécurisant.

Elle ne veut pas se l'avouer pourtant, à cet instant précis, tout son être brûle d'un amour immensurable pour cet homme magnifique à la beauté orientale magistrale.

— J'ai faim ! On s'habille et on sort vite manger ! J'ai envie de visiter Jaipur, de rencontrer des autochtones, de rire, de marcher, de me perdre… à tes côtés !

Pauline ponctue chaque envie d'un pas de danse.

— Assieds-toi, il faut que je te parle très sérieusement.

Brahim, trop sérieux et fronçant les sourcils, calme instantanément Pauline qui stoppe son ballet matinal.

— Tu me fais peur ! Que se passe-t-il encore ?

Ils s'installent sur les deux fauteuils qui encadrent une petite table basse en teck aux bords sculptés.

— Tu as en ta possession un porte-clés.

Pauline se lève et récupère le porte-clés en question, à l'endroit où elle l'a laissé végéter.

— Tu veux parler de ça ? Je ne sais pas pourquoi je l'ai gardé. Je l'ai trouvé parterre et je pensais réellement qu'il appartenait à Traptor. Enfin, j'ai compris plus tard que c'était Traptor... lorsque je l'ai reconnu à l'aéro...

— Oui, oui, c'est ça, c'est lui.

Elle semble vouloir partir dans des explications inutiles et Brahim coupe court.

— Dis donc... Reste poli !

En observant d'un plus prêt le porte-clés, vide de clé, Pauline découvre une tête représentant, à la fois un éléphant de mer, avec des dents de crocodile et une queue de poisson.

— Quel étrange animal ?

— C'est un Makara... C'est un animal aquatique du bestiaire mythologique d'Inde. C'est étrange... Où Traptor a-t-il déniché ça ? Les représentations du Makara se retrouvent, généralement, dans l'univers bouddhiste ou hindou. Mais le plus important n'est pas là. A l'intérieur, se trouve la copie des deux microfilms jusqu'alors contenus dans ton hippocampe bleu. Traptor a réussi à dupliquer les deux plans avec l'aide d'un jeune homme, proche d'Adil. Je t'ai dit que le troisième plan avait été dérobé lors de la visite impromptue dont mon appartement a fait l'objet. J'avais, moi-aussi, pris quelques précautions. Je détenais la copie de ce troisième plan, cachée dans une théière ramenée de Casa. Pour tout te dire... nous sommes en possession des trois plans. Le rêve d'Adil a continué d'exister malgré les événements. Je sais qu'il voit tout de là où il se trouve désormais... Il nous a aidés.

Le regard ébène de Brahim se perd dans le ciel de Jaipur et durant quelques secondes plus aucun son ne se fait entendre dans la chambre 7, au premier étage de cet hôtel niché au fin fond du Rajasthan.

*

— On prend le bus ou un taxi ? Qu'est-ce que tu en penses, mon chéri ?

— Le bus. De toute façon, du centre-ville on demandera le *Pearl Palace* et si c'est trop loin, on prendra un taxi !

— Tu as raison. Oh ! Regarde le petit garçon, derrière toi... Je crois qu'il veut te demander quelque chose.

David se retourne et découvre un garçonnet d'une dizaine d'année aux vêtements ternis et sales. Il n'a pas de chaussures au pied et pourtant il semble proposer ses services pour nettoyer celles de l'Espagnol. Clotilde l'encourage à se laisser faire et l'enfant amène aussitôt un siège de fortune pour y installer le pied de David. Sans lever les yeux sur son client, Waman s'active à la tâche. Lorsqu'il a fini, il offre un large sourire aux amoureux tout en tendant largement sa paume grande ouverte vers eux. Clotilde lui glisse un billet et lui souhaite bon courage. L'enfant se met alors en tête d'accompagner le couple dans ses visites. Il propose, dans un mauvais anglais, d'être leur guide durant leur séjour à Jaipur. Clotilde et David, touchés par la demande enfantine, sourient, tout en refusant la proposition. Le bus va partir ; ils montent à l'intérieur, in extremis.

Après plus d'une demi-heure de trajet, ils débarquent dans le cœur de Jaipur. De là, il ne leur est pas si difficile de retrouver, dans la crasse, la trace du Palace !

*

Pauline, interdite, ne peut prononcer un seul mot. C'est Brahim qui déchire le silence en posant une main sur sa joue.

— Tu es choquée ? Tu n'as pas envie de découvrir, une fois pour toutes, le lieu où se cache ce fabuleux trésor.

— C'est Adil qui voulait obtenir réparation. Cette histoire n'est pas la mienne. Ce trésor m'a surtout permis de vivre des aventures extraordinaires. Je ne sais quoi te dire.

— Rends-toi compte... Il est possible que nous ayons, entre les mains, le lieu sacré tant recherché depuis des siècles. Plus près de nous Indira Gandhi s'y est fortement attelée. Elle a remué terre et ciel pour le trouver. Elle supposait qu'il se trouvait au *Fort de Jaigarh,* tout près d'ici. Elle a conspiré et enfermé tous ceux qui pouvaient se mettre sur sa route. C'est le cas pour la Maharani, Gayatra Devi : à la mort de son mari, elle tenta d'entrer en politique, Indira l'accusa de détournement de biens nationaux et l'enferma durant de nombreux mois.

— Pourtant ce trésor ne nous appartient pas et nous n'avons pas de droit sur lui.

— Mais, ma belle, l'important pour moi n'est pas la richesse de ce trésor, maintenant que mon père et Adil sont morts. Je me fiche de l'argent. Ce qui me pousse à continuer, c'est de découvrir le lieu. Quelle fierté si nous réussissions à le localiser, nous qui n'avons aucun autre moyen que notre courage, notre perspicacité, notre persévérance...

— Et les microfilms !

— Oui, exact ! A nous deux, nous avons réussi à rassembler ces trois plans. Il en a fallu des kilomètres !

— Et des morts !

— Je sais... mais tout ceci était indépendamment de notre volonté !

— Bon, écoute... je veux bien accepter ce bout de chemin avec toi, Brahim...

On frappe à la porte. Brahim montre du doigt la salle de bain à Pauline pour qu'elle s'y cache.

— J'en ai assez de me retrouver dans les douches à chaque fois que ça chauffe ! chuchota-t-elle, bien décidée, cette fois-ci, à rester près de lui.

— Qui est là ? demande Brahim en continuant à faire de grands gestes vers Pauline.

— C'est Mme Singh... Je viens vous voir car deux personnes demandent à parler à la Française.

Brahim ouvre la porte et laisse la patronne de l'hôtel pénétrer dans leur chambre.

— Se sont-ils présentés ?

— Ils m'ont dit qu'ils connaissaient parfaitement votre amie, et ils me semblent tout à fait corrects. J'ai préféré tout de même vérifier parce qu'avec tout ce qui se passe pour vous en ce moment ! Vous savez les gens commencent à être au courant. A la télé, ils ont parlé de ce couple d'occidentaux qui a péri, avec le chauffeur de taxi et le lien a été fait par les employés de l'hôtel. Des rumeurs commencent à circuler. Alors, je suis prudente. Je ne veux pas de mauvaise publicité pour le *Pearl Palace,* vous comprenez ?

— Nous comprenons, parfaitement, lui répond Pauline qui s'est avancée, tout en forçant le passage entre Mme Singh et Brahim. Mais vous savez... Je ne connais personne ici... C'est très étonnant que l'on cherche à me voir. Qui cela peut-il être ?

— Je vais descendre avec Mme Singh, propose Brahim, elle me les montrera et je jugerai en les voyant. Reste ici... je remonte vite.

De mauvaise grâce, Pauline acquiesce.

Brahim prend la clé de la chambre et descend avec la patronne. Arrivés dans le hall, Mme Singh lui fait un signe de la tête, très discret, en direction d'un jeune couple.

La jeune femme blonde, avec un foulard parme sur la tête, est une jolie femme, grande et souriante. Le jeune homme qui l'accompagne est tout aussi grand et sympathique. Il est brun et a un style vestimentaire très relax.

— Bonjour, vous cherchez à rencontrer quelqu'un m'a-t-on dit ?

— Brahim ? C'est vous ? Comme vous ressemblez à Adil. Je ne l'ai vu qu'en photo mais...

— Qui êtes-vous, Mademoiselle ?

— Je suis Clotilde, la meilleure amie de Pauline,

nous avons visité le Maroc ensemble, l'été dernier ; et, je vous présente David, son cousin d'Espagne. Nous sommes arrivés, il y a deux heures maintenant pour nous assurer que tout allait bien pour elle.

— Eh bien, dites-moi, vous en fait du chemin lorsque vous vous inquiétez ! Qui vous dit qu'elle se trouve ici ?

— Effectivement... nous nous faisions du souci depuis son départ car elle s'est embarquée, malgré elle, dans une histoire rocambolesque. Elle était très liée à votre frère. Il l'a quelque peu manipulée pour arriver à ses fins mais comme je ne le connaissais pas vraiment, je ne jugerai pas davantage. Et puis, pour finir, j'ai reçu une lettre de Pauline, postée depuis Bordeaux, dans laquelle elle me donnait l'adresse exacte de l'hôtel qu'elle a réservé pour venir vous voir. Elle était tellement mal après la tragédie que je l'ai poussée à vous retrouver... Mais après réflexions, je me demande si j'ai bien fait.

Durant tout le temps nécessaire à sa tirade, Clotilde s'est adressée à Brahim en ne le lâchant pas de son regard azur près pour la tempête. Le ton est sec et le corps raide comme la justice. Qu'a-t-il fait de Pauline ?

— Je vais vous mener jusqu'à elle. Mais méfiez-vous... Si vos intentions ne sont pas si dévouées, je suis là. Plus personne ne touchera, de près ou de loin, à Pauline ! Est-ce bien clair ?

Clotilde n'en croit pas ses oreilles. Cet homme,

soudain, lui apparaît comme le gardien suprême de son amie. C'est devenu Son homme ! David se décide à intervenir.

— Excusez-moi, cher... Brahim... Je suis son cousin, et bien évidemment je ne veux aucun mal à ma Pauline. Maintenant, il va falloir que vous cessiez tout de suite ces grands airs avec nous. Alors, vous allez nous indiquer l'endroit dans lequel elle se trouve pour que l'on en finisse. OK ?

Les deux hommes se toisent un instant du regard, et c'est Brahim qui baisse le premier la garde.

— Je suis désolé. J'ai été très irrespectueux avec vous... Mais, je crois que je commence à avoir des circonstances atténuantes Je suis à cran et...

— Clotilde ! David ! Qu'est-ce que vous faites ici ? Oh, mon dieu quel bonheur de vous voir !

— Ma belle ! Tout va bien ? Comment te sens-tu ? Que s'est-t-il passé ?

— Attends, Clotilde, une question après l'autre. Les présentations ont-elles été faites ?

— Oui, confirme Brahim qui s'est radouci. Ce n'est pas prudent d'avoir quitté ta chambre... Tu ne pouvais pas savoir sur qui j'allais tomber !

— Brahim... Il est fini le temps où je laissais faire les choses. Dorénavant, je ne veux plus patienter dans une salle d'eau.

— Une salle d'eau ? s'enquit Clotilde.

— Je t'expliquerai. D'ailleurs, je dois t'en expliquer des choses. C'est stupéfiant tout ce que j'ai vécu en quelques jours. Oh ! Ma Clotilde, on est là, ensemble, au Rajasthan. Je n'en reviens pas !

Elle tombe, une nouvelle fois dans les bras de son amie puis se tourne vers David qu'elle enlace affectueusement.

— Tu m'as fait peur *Corazón,* lui murmure le jeune homme, totalement soulagé. Tu sais…Clotilde nous a réservé une chambre dans cet hôtel. On va rester avec toi, quelques jours.

— Allons vite visiter la ville tous les quatre ! propose Pauline, comblée.

*

Brahim s'improvise guide et leur raconte ce qu'il a lui-même découvert au fil de ses rencontres et autres visites.

C'est *le Palais des vents* qui a la faveur d'être visité en premier. Constitué de mille balcons et fenêtres, c'est un des palais les plus célèbres de Jaipur. Long et très haut, il s'étend sur cinq étages. S'il fut construit de la sorte, c'était pour permettre aux femmes du harem d'observer la rue sans que les passants ne les voient. Ce monument rose est extraordinaire de majesté. Brahim déconseille la visite car, selon lui, l'intérieur ne vaut pas la vision extérieure de ce bijou d'architecture.

En continuant leur ballade, ils arrivent devant *le City Palace*. Toujours occupé par la famille royale, il abrite le somptueux costume du Maharadjah *Madho Singh I*, mort à quarante ans, qui mesurait près de deux mètres et pesait 250 kilos.

En montant vers *le Fort d'Amber*, à quelques kilomètres de Jaipur, ils croisent des dizaines de touristes montés sur des éléphants, la face peinte. Qu'ils sont nombreux les propriétaires de pachydermes à leur proposer leurs services ! Les filles refusent, les garçons s'y plient. La visite de l'ancien siège du pouvoir royal, avant d'être transféré à Jaipur, les mène directement en d'autres temps. C'est aussi ici, que durant des années, était supposé être caché le trésor des *Maharadjahs Kachwala,* acquis lors de nombreuses victoires, au fil des siècles. Le site est somptueux et l'influence Moghole s'y fait encore ressentir jusque dans les jardins.

Après avoir mangé au Macdonald, le petit groupe s'offre le plaisir d'entrer dans *le Raj Mandir*, le cinéma le plus réputé d'Inde. Ils peuvent visionner un film *Bollywoodien,* en version originale, et non sous-titrée. En sortant, Clotilde tombe nez à nez avec un dresseur de serpent. L'homme semble *multi centenaire* tant sa peau mate est ridée. Son serpent fait hurler Clotilde de terreur. Seul David réussit à la calmer.

— Non mais... Tu n'en as pas vu en Guyane ?

— Juste en photo... Oh ! Je déteste ça...

— Viens-là, ma chérie... Aucun serpent ne t'atteindra, reste près de moi.

David se positionne derrière Clotilde dont le talon d'Achille vient d'être révélé au grand jour. Il glisse les bras autour de sa taille et ils tentent d'avancer ainsi, au rythme des sons du pungi, l'instrument du charmeur de serpent.

L'Albert Hall Muséum, est leur dernière visite. L'atmosphère sereine et reposante des jardins achève de consolider les liens entre les quatre vadrouilleurs. L'ambiance bonne-enfant fait plaisir à voir. Le temps d'une journée, les deux couples ont rechargé les batteries. Riant au moindre jeu de mot de l'un, ou moquant l'inculture de l'autre, ils prennent le temps de se connaître davantage, se laissant aller à de nombreuses confidences.

A la nuit tombée, ils rentrent, exténués mais ravis d'avoir vécu cette magnifique excursion.

— Dis-moi, Brahim, on n'a pas du tout évoqué le pourquoi de votre présence à Jaipur. Ça en est où votre recherche du mystérieux trésor, finalement ? demande David, d'un air malicieux.

— Il y a encore quelques zones d'ombres. Stensor et Traptor ont été assassinés. Mais par qui ? Je n'en ai aucune idée et je ne nous considère pas hors de danger, même si aucune menace n'a pesé sur nous, depuis leur mort.

— Autant vous le dire. Nous brûlons d'impatience, Brahim et moi, de pouvoir enfin consulter ces trois plans enfin réunis. Or, c'est délicat car il est impossible d'aller dans un simple *Cyber Café* ou ici, à l'hôtel, pour les décrypter. Personne ne doit voir ces plans. Nous serions lynchés sur place !

— Moins fort, Pauline, montons dans la chambre.

— Attends Brahim ! l'interrompt Clotilde. J'ai un ordinateur portable dans ma valise... On va plutôt aller dans notre chambre.

Brahim tend le Makara à Pauline qui, toute tremblante, insère la première clé USB contenant les deux premiers plans. Elle enregistre le contenu sur l'ordinateur et refait la même opération pour le troisième.

Le quatuor retient son souffle lorsque les trois plans sont mis bout à bout. En ouvrant le plan 1, ils s'aperçoivent très vite qu'il n'est composé que de mots, de chiffres ou de syllabes : ***Jan – 17 – heure – Brihat – sous porte verte*** ; pour le deuxième, il en est de même : ***tarman – instru – planète – Samrat – Soleil des Dieux*** ; ainsi que pour le troisième : ***tar – ments – zodiaque – Yantra – repose***

La déception des quatre compères est immense. Des

mois d'attente, des expéditions hautement risquées, des morts de femme et d'hommes pour ce jeu de syllabes incompréhensible.

Ce qui frappe, tout de suite, Pauline est la langue utilisée pour ce message codé. Pourquoi ces plans, qui n'en sont donc pas, à proprement parler, sont-ils parfois retranscrits en français, et parfois en Hindi. Ils proviennent du père d'Adil. Les lire en arabe aurait été plus logique. Elle se tourne vers Brahim pour avoir une réponse.

— Lorsque mon père est décédé, Adil a décidé de se lancer dans l'aventure. Il a alors contacté, après de nombreuses années, Stensor. Ils s'étaient connus à Paris et avaient vécu une petite histoire de quelques mois. Malgré la rupture, ils étaient restés proches et comme elle travaillait à la DGSE, elle était la plus à même de l'aider. Adil a alors traduit les trois plans en français pour qu'elle puisse le seconder le mieux possible. Il m'avait mis dans la confidence.

— *Jan* pourrait vouloir dire janvier, le *17* à l'heure de... *Brihat* ? réfléchit Clotilde à haute voix.

— *Tarmen* ? *instru* ? Instrument ? *planète Samrat* ? Ça n'existe pas ! Peut-être y-a-t-il un lien entre planète, Samrat et soleil ? continue David, qui a du mal à trouver un bon angle pour voir l'écran du portable.

— Le troisième n'est pas mieux : *tar* ? Contraire de tôt ? *ments* comme mensonges ? Ah ! Je sais : sur le

zodiaque, Yantra repose ! Qui est Yantra ?
Brahim ne quitte pas des yeux l'écran. Il se tait durant la recherche active et criarde des filles et de David.

Brusquement, il se lève, et sans donner plus amples explications :

— Attendez-moi là, je reviens.

Pauline et Clotilde se regardent stupéfaites.

— Il est sympa ton mec… mais faut avouer qu'il est spécial parfois, non ? ironise David.

— C'est vrai que je l'ai vu avoir de drôles de réactions, plus d'une fois ! Par exemple, un jour, je lui ai demandé de quoi il vivait depuis presque huit mois ? Il a refusé de me le dire et s'est refermé comme une huître. Il est un peu soupe au lait et il y a eu quelques moments tendus entre nous. En plus, vous me connaissez, je ne suis pas eau qui éteint la braise ! On doit encore apprendre à s'apprivoiser si notre histoire est amenée à continuer. Je ne réalise pas vraiment… Le fait d'être à l'étranger me fait oublier qu'il est le frère d'Adil. Rappelle-toi, Clotilde, combien de fois la sensation d'être totalement vouée à lui m'a fait pleurer !

— C'est la vie qui te propose les chemins que tu dois ensuite choisir. C'est comme ça. Tu n'y peux rien alors n'y pense pas pour le moment. Laisse-toi le temps de choisir les bons chemins, même s'ils sont de traverse.

Cette nuit-là, Brahim ne rentre pas dormir. Pauline ne peut fermer un seul œil, jusqu'à l'aube.

*

— Il lui est arrivé quelque chose ! Ce n'est pas possible qu'il nous ait laissés ainsi, avec les inscriptions codées en plus ! Je suis inquiète et je ne sais pas du tout vers qui me tourner pour m'aider à le retrouver. Vous savez, dès que je suis avec lui dans ce pays, je n'ai peur de rien. Tout m'est familier. Mais, dès qu'il n'est plus là, je ne pense qu'à partir de ce Rajasthan de malheur ! Cela fait presque vingt-quatre heures qu'il s'est évaporé !

— Je te comprends, Pauline. David est déjà allé se renseigner auprès du personnel. Il s'est même adressé à des policiers dans la rue. On ne peut rien faire d'autre que de l'attendre.

— Calme-toi, *Prima mía,* il va revenir. S'il lui était arrivé quoique ce soit, nous aurions été au courant je pense.

— Et s'il avait compris l'ensemble de cette foutue charade ? Il s'est précipité à l'endroit du trésor. Il l'a découvert et il va nous abandonner à notre triste sort ! Voilà ce qui s'est passé ! Mais pourquoi ai-je croisé le chemin des Al Ouia ? Malédiction !

C'est en prononçant ce dernier mot que Pauline se souvient, subitement, de la poudre donnée par la vieille de Meknès. Elle va la chercher au fond de son sac. Elle dépose les bouts de charbons dans la coupelle, récupérée dans la salle de bain et destinée au savon, les allume avec des allumettes trouvées sur le guéridon et disperse, peu à peu, l'ensemble de la poudre. Une douce odeur d'encens se répand aussitôt dans la chambre. Elle reste là, immobile, pensive, à regarder se consumer les charbons. David retourne face à l'écran de l'ordinateur, pour la énième fois afin de trouver la solution de l'énigme.

L'image de la vieille dame, portant à bout de bras le lourd cabas, revient en mémoire des deux jeunes femmes. Elles se souviennent avec nostalgie du merveilleux périple vécu au Maroc.

La clé dans la serrure les fait sursauter. Elles lâchent le même cri de surprise. En se retournant, elles découvrent devant elles un homme heureux et lesté d'un poids séculaire.

— J'ai compris ! J'ai tourné et retourné dans ma tête les mots et les chiffres. J'ai récupéré des prospectus dans le hall, en bas. J'ai passé la nuit chez moi à ressasser tout cela. J'ai enfin trouvé ce qu'un jour la jeune Humaila a dévoilé à mon père !

— C'est pas possible, chuchote Pauline, les deux mains sur les joues.

— Bon, alors, dis-nous vite, parce que moi... tu vois... ! Vingt-quatre heures à te chercher toi, à réfléchir à une éventuelle solution et surtout, à espérer le silence de ces deux piailleuses ... Comment te dire ?

J'en ai ras le turban, comprends-tu ? supplie David, que les filles n'ont jamais vu aussi stressé.

— Il fallait réunir les trois parties, côte à côte. Écrivons-les sur un papier… Vous allez comprendre.

Avec toute la frénésie due à la l'excitation de la victoire, Brahim inscrit sur le bout de papier que lui tend Pauline :

Jantar Mantar
17 instruments
heure, planète, zodiaque
Brihat Samrat Yantra
sous porte verte, Soleil des Dieux repose.

— Ah, et bien voilà... tu as raison ! C'est vrai que c'est beaucoup plus clair ! La limpidité incarnée ! Comment ai-je pu passer à côté ? C'est la simplicité même ! Bon… Écoutez les Castors Juniors, je vais vous laisser un peu… Je crois que c'est mieux. Je vais dormir, et je reviens vers vous à mon réveil !

Aussitôt que David ait claqué la porte, lesdits Castors Juniors partent d'un éclat de rire profond et nerveux. David est en train de perdre son self-control légendaire.

Lorsqu'ils retrouvent, tous trois, leurs esprits, Brahim propose aux filles de tout reprendre depuis le début.

— Le seul endroit que je ne vous ai pas fait

découvrir ! Voilà où se trouve le trésor ! Le *Jantar Mantar* est l'observatoire de Jaipur. Il est constitué d'une série d'instruments astronomiques et astrologiques. Dix-sept, si j'en crois l'énigme ! Il a été construit sur ordre du Maharadjah *Jai Singh II*, dans les années 1730 à peu près, afin que son gourou puisse établir les thèmes astraux et déterminer les moments les plus propices pour les grands événements. Cet observatoire reste, aux yeux des savants actuels, une merveille de précision scientifique sans égale à l'époque. Parmi tous ces instruments de taille imposante, il y a le *Brihat Samrat Yantra*. C'est un cadran solaire de 27 mètres de haut, qui permet d'obtenir aux équinoxes, une mesure de l'heure extrêmement certaine. Les subdivisions du cadran assurent une lecture précise à deux secondes près. Si toutes mes recherches sont exactes... Le trésor, ou *Soleil des Dieux*, se situerait sous ce monument. Nous devrons probablement emprunter une porte verte pour y accéder.

— C'est totalement surréaliste ! Nous avons découvert ce que tant de gens ont recherché ! Je suis soufflée !

— Reprends-toi, ma Pauline. Il est temps pour nous de décider. Brahim, tu n'es plus le seul à savoir. Lorsque David sera informé, nous serons quatre à détenir un secret inestimable, si tout ceci s'avère.

— Effectivement, Clotilde, nous devons prendre, ensemble, une décision qui peut être lourde de conséquences. Demain, nous nous rendrons sur les lieux après une bonne nuit de sommeil. Je souhaite vivement que nos idées soient plus claires.

— De toutes façons, qui nous laissera la possibilité de garder toute cette richesse ? demande Pauline.

— Je vais rejoindre David... Je vous laisse dormir..., chuchote Clotilde qui se sent soudain de trop.

— Ne dis rien à mon cousin... On lui fera la surprise demain sur place ! Oh ! Clotilde attention derrière toi... Un serpent !

Clotilde lâche un cri strident, composé essentiellement de voyelles, accompagné de gestes, habituellement vus en danse contemporaine.

— Quelle gamine, celle-ci ! hurle-t-elle, s'apercevant de la supercherie.

David, depuis sa chambre, entend le raffut et se précipite au secours de sa princesse.

Lorsque Pauline se retrouve seule avec Brahim, elle se blottit contre lui et laisse échapper, juste avant de s'endormir :

— Tu sais... Nous rions et vivons toute cette histoire avec un certain détachement pourtant, pour en revenir à notre petite expédition... nous n'avons pas l'âme de voleurs. Ce bien ne nous appartient pas...

— Je sais, ma belle. Je t'aime et mon trésor... je l'ai déjà trouvé.

*

Le soleil n'a pas encore daigné se lever ; déjà Pauline et Brahim appellent, depuis la réception, la chambre 21.

— C'est l'or, il est l'or, mon Señor...

— Qu'est-ce qu'il t'arrive Pauline, ce matin. L'air de Jaipur t'a sérieusement attaqué les neurones. Voilà qu'elle se prend pour Yves Montand ! marmonne David.

— C'est tout à fait ça... Aujourd'hui... J'ai la folie des grandeurs ! Allez descendez vite, on vous attend en bas !

Clotilde doit avoir recours à de nombreux subterfuges pour convaincre David de se lever, se laver, s'habiller en un temps très limité. Il ne comprend pas ce que les filles lui veulent de si bonne heure. Le trésor lui est sorti de l'esprit. Pourtant, devant Pauline et Brahim, il retrouve son imperturbabilité naturelle. Tout son être s'est *relaxé* de nouveau.

— Allez, David, on t'emmène faire une ballade, lance Brahim, d'une voix enjouée.

— Alors, il faudra bien me décrire ce que nous allons voir parce que n'ayant pas sur moi, de lampe torche, je risque de ne pas vraiment apprécier la visite... Non, mais vous êtes tous dingues ! Il fait encore nuit ! Que voulez-vous faire, dehors, à six heures du matin ?

— Calme-toi, mon chéri. Tu vas être surpris. On va te faire rêver un peu aujourd'hui !

Le flegme de l'Espagnol, quelque peu malmené, prend définitivement le dessus sur l'agacement, dès que Clotilde l'embrasse tendrement dans le cou.

*

Lorsqu'ils arrivent devant l'Observatoire de Jaipur, le ciel s'est légèrement éclairci. La température est plutôt fraîche, en ce début de février.

Le petit groupe se sent bien seul, la ville étant encore dans les voiles du réveil. Seules deux femmes en sari violine passent devant eux en leur lançant un regard malicieux. Pauline les trouve magnifiques de grâce. Elles ont le port altier des reines.

— C'est par-là… Suivez-moi.

Brahim les conduit, sûr de son fait, à l'intérieur du parc. Ils passent entre les différents instruments de mesure. Le décor paraît irréel. Combien de gens illustres se sont-ils attardés devant ces monuments si anciens ?

Après seulement dix minutes de marche, Brahim se tourne vers eux en leur montrant, des deux mains, l'endroit tant convoité depuis des siècles. C'est donc sous le *Brihat Samrat Yantra* que se nicherait ce trésor d'une valeur inestimable !

La porte verte, qui leur fait face, les immobilise tant elle semble avoir une âme. Elle les observe. Cette porte est un rempart contre toute tentative de pénétration. Les Maharadjahs lui ont accordé une totale confiance, jusque-là.

— Comment peut-il être ici... C'est impossible ! Il y a tellement de passages. Et puis, ceux qui s'occupent de l'entretien du site l'auraient trouvé, eux !

— Je sais Pauline, c'est ce que je me suis dit. Pourtant... Bon, écoutez-moi, je vais y aller... Cette porte n'est pas infranchissable. Vous restez là. Je vais y faire un tour et je reviens dès que je serai totalement fixé.

— D'accord, Brahim. De toutes manières, jamais l'on ne pourra partir de Jaipur sans savoir. Je crois que nous nous sommes tous pris au jeu, désormais !

Pauline embrasse affectueusement son homme qui, après l'avoir enlacée, se dirige vers l'Interdit.

*

Le directeur alerte le roi dès qu'il reçoit le message.

Il lui a fallu traverser tout le palais, et c'est tout haletant qu'il demande audience.

— Qu'y a-t-il M. Shakri ? Vous m'avez l'air tout chamboulé !

— Votre Altesse… Permettez-moi de vous importuner si tôt. Nous avons reçu *Le* message. Il a réussi.

— J'aimerais être certain que nous parlions bien de la même chose… M. Al Ouia ? C'est cela ?

— Oui, Altesse. Il vient de nous faire parvenir la confirmation. Il l'a trouvé !

Mohammed VI prend le temps de s'asseoir, porte à sa bouche, un verre d'eau fraîche.

— Alors… qu'a-t-il fait ? Avons-nous eu raison de lui accorder toute notre confiance ?

— Tout à fait. Il se prépare à rentrer en France car il est accompagné des deux jeunes françaises et du cousin de l'une d'elle. Ensuite, il viendra à Rabat, d'ici quelques jours.

Le directeur du DSR se retire après avoir salué son roi qui marche jusqu'à la fenêtre de son cabinet privé. De là, il peut voir les somptueux jardins de son palais. A cet instant, le soulagement peut se lire sur le visage royal. Son ami n'est pas mort pour rien.

*

— Bon… Tu vas parler oui ? Tu l'as trouvé ou pas ? s'impatiente Pauline.

Brahim reste ainsi muet durant tout le trajet du retour vers le *Pearl Palace*. Lorsque le petit groupe pénètre dans le hall de l'hôtel, la tension est palpable. Personne n'a osé poser d'autres questions à Brahim. Il demande les clés des deux chambres, au réceptionniste, et en se retournant vers les visages déconfits de ses amis, il leur dit :

— Le trésor est trésor tant que l'on ne l'a pas découvert. Tu sais Pauline… Il reste tellement de bouts de toi à dévoiler que tout mon être n'est tourné que vers cette perspective.

— Tu ne vas pas t'en tirer comme ça, mon chéri ! On a besoin de savoir. Une aussi grosse richesse cela nous est égal. Pendant que tu étais derrière la porte verte, nous avons discuté et nous avons compris que cette fortune n'était pas la nôtre. Nous n'avons aucun droit dessus. Mais au fil des mois, nous avons pris un intérêt fou à poursuivre ce dessein. L'adrénaline et l'exaltation n'ont été si fortes que parce que nous avions une énigme ancestrale à découvrir, ensemble. Nos vies ont été bouleversées, nos quotidiens pimentés…

— Allons sur la terrasse en haut, je vais éclaircir la situation.

Sans se faire prier, ils le suivent. Aucune table n'est occupée. Ils s'installent, et prennent garde de ne dire mot, laissant à Brahim le soin de débuter son explication.

— C'est une très longue histoire qui remonte à 1988. Le roi de mon pays, Mohammed VI et mon frère se sont connus durant un séjour à Bruxelles. Le Roi, à cette époque, devait y effectuer un stage auprès de Jacques Delors, président de la commission européenne ; Adil, quant à lui, voulait juste visiter la ville. Mon frère avait quitté, quelques mois plus tôt, Casablanca pour Bordeaux afin d'y poursuivre ses études. L'amitié naissante entre les deux hommes se développa, au fur et à mesure des années. Ils étaient fortement liés. Lorsque Son Altesse reçut la grand-croix de l'Ordre national de la Légion d'honneur, en 2000, à Paris, mon frère et mon père furent conviés. Le mois qui suivit le décès de mon père, Adil se confia longuement au Roi, qui sut entendre sa lourde peine. Dans la conversation, Adil lui raconta tout ce que vous savez au sujet du trésor des M*aharadjahs de Kachwahas*. La seule réaction de Mohammed VI fut de lui déconseiller d'aller jusqu'au bout de ce projet. « *Mal acquis ne profite jamais* » lui avait-il dit en partant. Adil n'a pas écouté ses consignes et vous connaissez la suite. Pourtant dans l'ombre, le Roi n'a pas délaissé son ami. Il vous a fait surveiller, Adil et vous, les filles, pour vous protéger. Parallèlement, il m'a contacté et, ensemble, nous avons décidé d'aider Adil à localiser le trésor. Or, j'étais chargé de le dissuader d'aller plus loin. Le trésor devrait rester là où il était.

— Mais c'est Adil qui t'a choisi pour que tu viennes ici en tant qu'éclaireur ! Comment le roi pouvait-il savoir qu'il te prendrait, toi, pour cette besogne ?

— Pauline... le Roi savait pertinemment que pour Adil il n'y avait qu'une seule personne digne de confiance à ses yeux : son frère ! C'est pourquoi, très tôt Mohammed VI m'a mis dans la confidence. Il a continué à me verser mon salaire, pour que, une fois installé au Rajasthan, je puisse subsister.

— Ton salaire ? Mais quel est ton métier ? questionne Clotilde.

— C'est vrai qu'aucun d'entre vous n'a cherché à connaître ma profession. Tout au plus, Pauline qui a tenté de savoir quelles étaient mes ressources pour survivre à Jaipur ! Eh bien, je suis entré au service du Roi, il y a de nombreuses années maintenant. Je travaille pour les Services Généraux du Maroc, c'est un corps de la DGSN.

— Ça alors ! Nous sommes entourés d'agents secrets et ce, depuis le jour de notre départ pour le Maroc, ma Clotilde ! Cette histoire est folle !

— Mais alors qu'en est-il du trésor ? s'enquit Clotilde.

— Lorsque Adil est mort, le Roi m'a demandé de rester sur place, je devais te contacter pour que tu puisses me ramener l'hippocampe. Avec les trois plans, je devais résoudre l'affaire, informer Mohammed VI et détruire les microfilms. Une organisation très dangereuse tente par tous les moyens de rétablir l'ordre des Maharadjahs au pouvoir, en Inde. Le dernier de ces souverains, Kumar Padmanabh Singh, sait que cela est totalement impossible, il soupçonne ces fanatiques indiens de vouloir s'enrichir. Mohammed VI et lui sont en contact depuis le début de l'histoire. Je vais demander à le voir aujourd'hui pour confirmer la destruction des plans.

— Mais dis-moi... J'ai juste une question...un peu idiote probablement... Mais le Maharadjah en question... il connaissait le lieu, non ? Pourquoi ne pas avoir vu directement avec lui si les plans étaient incontestables ?

— Ta question n'est pas absurde David. Moi, j'ai juste souhaité aider mon frère et, dans le même temps, obéir aux ordres de mon Roi. Il reste, c'est exact, quelques interrogations. Cependant, reconnaissez que nous ne pouvions pas nous comporter comme de vulgaires pilleurs. Mes amis... sachez que nous avons tout de même réussi de grandes choses, ici, à Jaipur, *la ville de la victoire* !

Totalement désabusé et abattu, le trio reste sans voix durant quelques secondes. Le cri d'un oiseau perce le silence précédant l'abattement de David sur la table, les bras croisés et la tête au milieu. Clotilde regarde l'oiseau se poser sur une chaise et Pauline plante son regard noisette dans les yeux ébène.

— Je comprends votre déception... Pourtant,

sérieusement, vous nous voyez récupérer ce bien et vivre jusqu'à la fin de nos jours, multimillionnaires, cachés sur une île au soleil ?

— Oui !!! s'écrient, à l'unisson, les trois compères qui reprennent ardeur, instantanément.

*

Dans l'avion qui les ramène, deux jours plus tard, vers Bordeaux, Pauline toujours aussi épouvantée à l'idée d'être dans les airs, retrouve durant un instant le sourire.

— Tiens, ma chérie…

— Oh, mon dieu… ! Comment est-ce possible ? Où l'as-tu trouvé Brahim ?

— Il appartenait à ma mère. C'est mon père qui le lui avait mis autour du cou lorsqu'il l'avait demandé en mariage. A la mort de mon père, ma mère l'a donné à son fils aîné. Elle adorait Adil. Elle lui a demandé de ne l'offrir, à son tour, qu'à la jeune femme qu'il aimerait passionnément. Cet hippocampe bleu…ne nous a jamais quittés. Je l'ai récupéré, sous la table basse, près de ton sachet de poudre blanche. Stensor et Traptor ont certainement eu le temps de l'ouvrir, de prendre les microfilms et ont fini par le jeter. Accepte-le avec tout mon amour.

Pauline referme sa main sur l'hippocampe bleu qui brille, toujours autant, de mille feux. Elle se tourne vers Clotilde et David qui se sont endormis, avant même le décollage. Puis, elle embrasse Brahim avant de demander :

— Tu nous l'as trouvée cette île ?
— Oui. Chut…

Merci d'avoir pris le temps de me lire.

A ma tante avec qui j'ai pu faire mon premier voyage.

A Clarisse, ma belle amie, avec qui j'ai partagé la plus belle des aventures en terres marocaines.

Merci à Lucy et à Stéphanie, mes deux fans de la première heure. Elles m'ont aidée à aller jusqu'au bout du projet.

Un immense merci à Judith, œil de lynx néerlandais, qui a été d'une aide extrêmement précieuse.

Merci à Nicole pour son enthousiasme. Un bisou à toute la famille.

Une pensée affectueuse à Christelle, Jérôme, Karina, Rasta et leur progéniture.

Rendez-vous à la prochaine lecture…

Achevé d'imprimer en mars 2025
(3ᵉ impression)

Illustration : Billybear
Photo : Estelle Coudenc